怪談売買録

拝み猫

黒木あるじ

竹書房文庫

まえがき～怪談売買録とは、なにか～

すべてのはじまりは、二〇一三年九月。山形市にある母校の芸術系大学から「卒業生として、大学祭に出展してはもらえないか」と打診されたのがきっかけだった。

当然ながら我が学び舎の卒業生は陶芸家や画家、デザイナーやカメラマンなどの方面に職を求めた人間が多い。そんなプロとして活躍するＯＢの作品に触れて、在校生の創作の励みにしてほしい。学校側にはそんな狙いがあったようだ。

しかし、私は困っていた。

他の卒業生と異なり、怪談作家という現在の肩書きは大学時代に専攻した内容とまるで関係なかったからだ。かといって拙著を並べ二日間（学祭は土日にわたっておこなわれる）売り子として座っているというのもいささか面白みに欠ける。どうしようかと悩んだ私は、関西を中心に活動している怪談作家の宇津呂鹿太郎氏がかつてあるイベントで開催した「怪談売買所」なるアイディアをお借りしようと考えたのである。

怪談売買所とは、往来の客に声をかけ、自身（もしくは家族や友人）の不思議な体験を話してくれた際はこちらが「拝聴料」を支払い、逆に怪談話を聞きたいと乞われた場合は「語り賃」を頂戴するという、なかなかユニークな試みである。

宇津呂氏からも快諾いただき臨んだ本番当日は、ありがたいことに二日間で三十名ほどの来場者から怪異譚を拝聴するという成果をおさめることができた。

すっかりと気を良くした私は翌秋にも再び出店、さらに「怪談店長」が勤務する山形の書店で一日店長を務め、「怪談売買所」同様に来客から怪談を収集、さらに「芸工マルシェ」（芸工とは母校の略称である）なる卒業生の展示を集めた文化祭でもブースを展開した。本書に収められているのは、そんな「怪談売買」の記録である。過去に発表した作品にも、ページの都合で泣く泣く削った話を追加で収録させていただいた。新作と併せてお楽しみいただきたい。

さて、私が「怪談売買所」を気に入っているのは、なにも収集が容易だからではない。拝聴する内容が、非常に面白いのである。

通常、怪談実話を取材する際はアポイントメントをとるのが基本となっている。しかし、その場合は話す側も構えてしまい、語るに足らないほどささやかな（と話者が思っている）体験談が候補から弾かれてしまう場合が往々にしてある。だが「怪談売買所」は違う。たまさか遭遇した怪談作家に請われ、意図せずして語り手となった方ばかりであるから、口をついて出るのは型に嵌らない逸話が多い。荒削りで生々しく、斬新なのにどこかしら懐かしみがある話の数々。その魅力に、私は惹きつけられたというわけだ。

さて、本書では出来得るかぎり話者の口調や構成を尊重した形で文章化している。現場の臨場感が拙文でどれほど伝わるか心許ないが、わずかでも「怪と遭遇する瞬間」の妙味を楽しんでいただけたなら幸いである。

ではそろそろ、一期一会の怪談劇場の幕を開けるとしよう。

目次

怪談マルシェ 163

怪談売買録

【日時】二〇一三年九月二十一・二十二日
【場所】東北芸術工科大学・一階南側エントランス

てんてんてん

【日時／九月二十一日・午前九時五十分】
【話者／天童市在住の四十代女性、本校の学生である娘を送りにきたとの事】

あの、「なんだったのかな、あれ」って程度のお話なんですが、それでも良いんですか。うちの子が高校二年のときだから……ちょうど三年前の出来事なんですけどね。私、お昼過ぎにパートを終えて自宅に戻ってきたんですが、玄関を開けたら人の気配がするんです。上手く言えないんですけど……自分以外に誰かいる、ってピンとくる感じ。解ってもらえますかね。

それで私、てっきり娘が帰ってきたと思ったんです。あれ、今日は部活休みだったかな、それとも体調が悪くて高校を早退したのかな。そんな事を考えつつ靴を脱ぎながら、子供部屋がある二階へ続く階段に向かって「どうしたの」だったか「なんで帰ってきたの」だったか、とにかくそんな声をかけたんです。

返事はありませんでした。で、その代わりに。

てん、てんてんてん、と。

ピンク色のゴムボールが跳ねながら階段を落ちてきたんです。

ええ、見覚えはありました。娘がまだ幼稚園のころに大切にしていたものでしたから。ただ……小学校に入ってすぐ、父の日に描いた似顔絵や、ヤクルトの空き瓶でこしらえた工作と一緒に押し入れの奥へ閉まったはずなんです。

足元に転がってきたゴムボールを拾いあげて、私は首を傾げました。あの子、どうしてこんなものをわざわざ引っ張りだしてきたのかしら、って不思議に思ったんです。

それで、何度も声をかけたけど返事はなくて。「イタズラにしてはあんまりしつこい」とちょっぴり苛立ちながら、私は子供部屋へ向かったんです。

ええ。お察しのとおり、娘は帰ってきていませんでした。

押し入れも調べましたが、なかの荷物を取りだした痕跡なんて何処《どこ》にもなくって。

そうそう、面白かったのはね、その日の晩にそれとなく娘に訊ねてみたんですけれど、本人はすっかりゴムボールの事を忘れているんです。「そんなものあったっけ」ですって。まあ幼いときの話ですから憶えていなくても無理はないんですけど。

じゃあ、あのゴムボール、誰が二階から落としたんですかね。

そもそも、どうやって押し入れの奥から出したんでしょうね。
娘はずいぶん気持ち悪がっていましたけど、私はあんまり怖いと思っていないんです。
やっぱり娘が可愛かったころの、思い出の品だからなんでしょうかねえ。

上流

【日時／九月二十一日・午前十時三十分】

【話者／山形市在住の六十代男性、孫が在籍しているので学祭を訪ねてみたとの事】


私自身はあまりオバケに縁が無いようで、お聞かせできるような体験談はありません。ただ、強烈に憶えている話がひとつだけありまして。

怖いというか……なにやら不思議な話、くらいの気持ちで聞いていただけますか。

私が子供の時分に、可愛がってくれた祖母から教えてもらった話です。戦前の出来事だと聞きました。

祖母が子供のころ暮らしていたのは、東北の山あいにある小さな村でした。私も祖母や両親に連れられて二、三度ばかり訪ねた経験がありますが、青空にヒバリが絶えず鳴いているような、のどかなところだったと記憶しています。

村は、山から流れている川に沿って家々が建てられていました。いわばほとんどの家の裏手に川が流れている状態ですね。まだ上水道も普及していない時代、生活用水が身近にあるというのは大変ありがたかったようです。川の上流を有する山は信仰の対象になっていたという話ですが、その中身は聞きそびれました。祖母が亡くなった今となってはもう確かめる術はありませんけれど、山と同様に川も神聖な存在として扱っていたようです。

そんな、ある年の初夏。前年に村へ嫁いできた若い娘が、裏手を流れる川に古くなった醤油《しょうゆ》をだぼだぼ棄てたのだそうです。川を汚さないよう、わざわざ下流に洗濯場を設けていたくらいですから、醤油を流すなど絶対許される行為ではない。旦那さんもお姑さんも「川を汚せば他所に迷惑がかかるし、なにより罰あたりな行いではないか」とこっぴどく叱ったそうですが、当の嫁はその手の言い伝えに無頓着だったのか、それとも性格に難があったのか、大して悪びれもせず笑っていたと聞きました。

ところが夏を迎えるやいなや、川で水難事故が立て続けに起こりはじめたのだそうです。釣りをしていた人が流されて亡くなったのを皮切りに、水遊びの最中には子供が溺れて命を落とし、老婆が樹の皮を洗っている際に——村では樹皮の繊維を細かく裂き、織物を作っていたのだそうですが——足を滑らせて浅瀬で死にました。

なかには寄合の帰りに姿が見えなくなった翌朝、川面に顔を浸したまま息絶えているのを発見された村人もいました。なぜ、その村人が酔ってもいないのに川へ近づいたのかは、まるで判らなかったそうですが。

例年の倍以上の人が亡くなったのですから、なんとも気味が悪い。当然、村では「あの醤油を棄てたのが原因ではないのか」と噂になったようですが、さすがに昔の話とはいえ迷信まがいの言い伝えを理由に若嫁を糾弾するわけにもいかず、皆は困っていたようです。

しかし、嫁自身も無言で責められるような村の空気は感じとったのでしょう、そもそも折り合いが悪かったところにその仕打ちですからたまらない。ある日ぷいっと姿を消して、そのまま行方知れずになってしまった。

問題児がいなくなって、村には再び平穏が訪れました。これでもう水の事故を心配する必要もなくなった……皆、そう思って安堵していたのですが。

翌年の真夜中、村は鉄砲水に襲われました。

深夜であったために逃げ遅れた者や、川と近接していたせいで家ごと流された者など、少なくない数の人が命を失ったそうです。まだ護岸工事や堤防などなかったでしょうから、被害も凄まじかったとか。村にはしばらく、泥の臭いが立ちこめていたそうです。

さて、慌ただしく葬儀を終えた翌日、村人数名は川の上流がある山へと向かいました。

これまで、鉄砲水など起きたためしがなかったからです。

　相手は自然ですから不意の災害はつきものでしょうが、これまでにない規模の鉄砲水が発生したとなれば、上流でなんらかの変化が起きていないともかぎらない。この先も川の恩恵にあずかりながら暮らしていくためには、原因を確かめる必要があったのです。

　出発は早朝。川の流れに沿って、鉄砲水でなぎ倒された木々や大きな石を避けながら、人々はひたすら山道をのぼりました。やがて太陽が真上にさしかかった頃、ようやく到着した上流へと近づくなり、皆は息を呑んだそうです。

　細い川の両岸へそれぞれ竹竿が立てられており、それを跨《また》ぐようにしてもう一本、竹の竿が流れを跨いでいました。棒高跳びのバーを小さくしたような形の竿には薄汚れた布が何枚も架けられており、その半分ほどを川に浸してざばざばと揺れていたと言います。

　垂れ下がっていた布は、女物の腰巻でした。

　垢汚《あかよご》れや血が乾いたような茶ばんだ染みから考えて、ずいぶん使い古された腰巻だったようです。周囲には、川の水を吸ってぐずぐずになった脱脂綿――今のように生理用品が普及していなかった時代、女性は生理の際に脱脂綿を使用していたのだと、かなりあとになってから祖母が教えてくれました――が散らばっていたとの話でした。

誰の仕業かは明白でしょう。

怒り狂った村人が付近をしつこく捜索しましたが、嫁の姿はどこにもありませんでした。

ただ、森の片隅に木に筵《むしろ》をかけただけの小屋とも呼べない住居跡があったそうですから、何ヶ月かはここでじっと暮らし、不浄になるたびに川へその布を浸していたらしいです。

その後、村ではすぐに上流へ小さな社と鳥居を建てたのだ、と祖母からは聞きました。

それが功を奏したのか、以降水害に悩まされる事は一度もなかったそうです。その神社が果たして山の神に捧げられたものなのか、それとも行方知れずの嫁を畏《おそ》れて造られたのか。それを祖母に聞かなかったのが、この歳になると悔やまれてなりません。

この話を聞いてからしばらくは、流れの音がいっさい聞こえない川の真ん中で、腰から下を血塗れにした女が笑っている夢を見ました。

子供心にも強烈な印象だったのだろうと、そう思う事にしています。

だって、他の理由があるかもしれないと考えたら、あなた。

怖いじゃないですか。

納得

【日時／九月二十一日午前十時五十五分】


先述の男性より話を聞き終え、感謝の辞を述べて見送った直後、五十代半ばと思われる女性が私のブース前へふらりと立った。興味を抱いたのかと思い、私が「怪談売買所」の説明をおこなっていると、途中で「ああ、それでか」と、独り納得した様子で頷《うなず》いている。

「遠くから見たら、あなたのブースだけ冥《くら》く見えたの。なんでかなと思ったんだけれど」

こんな事してたら、当然ね。

唖然とするこちらを置き去りにして、女性は足早に去っていった。

逃げた女

【日時／九月二十一日午前十一時二十分】

【話者／山形市在住の五十代女性、家が近所なので学祭を覗きにきたとの事】


これは知り合いの男の人から聞いた話なんですけれどね。

その方、ジョギングを日課になさってたんです。いつも朝早くに家をお出になられると、三十分ほどかけて近所の神社に行くんですって。石段をのぼって境内へたどり着いたら、本堂にお参りをして来た道を戻る。そんな習慣を、ここ十年くらい欠かさず続けていたんだそうです。

で、その日も彼はいつものコースを走ってたらしいんですが、いざ神社に着いてみたら石段を誰かが下りてくる足音が、ばたばたばたばたばた、って聞こえたらしいんですね。

ああ、自分と同じようにジョギングをしている人かな。

そう思って、挨拶しようとおもてをあげたら。

下りてきたのは、顔じゅうにびっしりと毛の生えた、着物姿の女の人だったんですって。

若い女性かお年寄りだったかは聞きそびれてしまいましたが、顔中毛むくじゃらでは年齢は判らなかったんじゃないでしょうかね。

で、その男性はすっかり驚いて、その場で固まっていたらしいんです。そしたら、顔が毛だらけの女は、彼に目もくれず走って逃げていっちゃったんですって。

変なものに遭ったなあと思ったそうですが、追いかけるのも気持ち悪いでしょう。で、その日はもう走る気がしなくて、境内にあがらないまま家へ帰ったんだそうです。

でも、翌日になるとその男の方、またジョギングに出かけたくなっちゃったんですって。私だったらもう気味が悪くてその日で止めちゃいそうなものですけれど、日課というのは休むと落ち着かないものらしいですね。

ただ、毛だらけ女と遭うのはさすがに厭だったのか、普段は夜が明けるか明けないかのうちから走りはじめていたのに、その日はすっかり明るくなってから家を出たそうです。いざ走ってみると普段より時間が遅いせいで挨拶する人の数も多いし、まわりの景色もよく見える。ああ、これなら怖くもなんともないな、昨日の出来事がまるで嘘みたいだな。そんな事を思いながら、安心した心持ちで神社に向かったらしいんです。

ところが、境内に到着すると数名の人が輪になって騒いでいる。よく見れば輪を作っているのは近所の老人クラブの方々で、なかに見知った顔もチラホラある。男性は何事かと思って、知り合いに声をかけ、背中越しに輪の中を覗いたら。

犬。

腐りかけた犬の死体が、ごろんと境内の真ん中に置かれていたそうです。

そうそう、死んで腐ると犬の顔って萎《しぼ》むんですって。肉がなくなるのかしらね、細長くなっちゃって、見た瞬間は馬かなと思ったそうですよ。

袖口で鼻を押さえながら事情を聞くと、老人クラブは二日前にもゲートボールのために神社を訪れていたらしくて。でもそのときはこんな犬の死体はなかったので、一昨日から今朝にかけて、誰かが死体を捨てていったんじゃないかという話だったらしいです。

あの女だ、あの毛むくじゃらの女が関係しているに違いない。

そう思って男性は、老人の一人に女の話をしたんだそうです。

けれども、話を聞き終えた老人は、驚くとか怒るといった予想していた反応ではなくて、とても寂しそうな顔を浮かべて、

「ああ、犬が来たから稲荷さまが逃げたんだな」と言ったんですって。

で、それから半年も経たずに、神社は不審火で焼けちゃって。

ええ、火事場の跡は私も見に行きました。驚くほどきれいに焼け落ちてましたよ。
そういう事って、やっぱりあるんですかねえ。

歯痛幽霊

【日時／九月二十一日午前十一時四十五分】

【話者／福島市在住の二十代女性、山形市に実家があり帰省ついでに来たとの事】


私の知り合いに変な人がいまして。変と言ったら失礼かな……変わった特技の持ち主と言えば問題ないんですかね。はい、職場が同じ女の人なんですけれど。

虫歯が疼《うず》くときだけ、幽霊が見えるっていうんですよ。変でしょ。

たまたま昼休みに歯医者さんを替えた話を私がしていたのかな、そしたら「私、虫歯になるとオバケ見ちゃうのよ」なんてあっけらかんと言うもんだから、ビックリしちゃって。

彼女が言うには、小さい頃から妙なモノを頻繁に見ていたそうなんですが……あ、その頃どんなモノを見ていたかのは詳しく聞いてないです。すいません……そうそう、それで面白いのが、その見え方で。

歯の痛む度合いによって、見えるモノの濃さが違うらしいんですよ。

ズキズキ、ってちょっぴり疼くときには半透明。でも、本格的に歯が痛みだすと、肌の質感までクッキリ見えるようになる、って言ってました。

　それで私、怖くないのって聞いたんです。だって嫌でしょう、虫歯になるたびにオバケ見えるなんて。でも本人は、慣れてるよなんて普通に言うんです。凄いなあって変に感心してたら、「でも、一回だけヒドい目に遭ったけど」ってしかめっ面になっちゃって。

　彼女、数年前に交通事故を起こしたんだそうです。山道のカーブでスリップしちゃって、ガードレールに正面からぶつかって……シートベルトをしていなかったせいで、フロントガラスに顔面から激突しちゃったんですって。

　幸い命に別状は無かったらしいんですが、口の中がずたずたになって、前歯とか何本か折れちゃったんだそうです。いまも唇にすこし傷があるんですが、それは歯が突き破った跡だ、って本人は言ってました。

　それで、歯って折れるとものすごい痛いらしいんですよ。激痛で失神した直後に激痛でまた覚醒するんですって。それを何度も繰り返しながら、彼女、呻《うめ》いていたんだそうです。そしたらね、半端に割れたフロントガラスの隙間から、たくさんの人がぞろぞろ向かってくるのが見えたって言うんですよ。

　救急隊の人かなと思いつつ、彼女はそのとき「死んでると思われて車ごとスクラップにされたら困る」なんて考えたんですって。そんなの有り得ないんだけど、事故でパニックだったのか、真剣に怖かったらしいです。

それで、「生きてるよ」ってアピールするために身体を起こそうとした瞬間、彼女、絶叫しちゃったらしくて……車に近づいて来たの、オバさんだったんですって。あ、親戚じゃなくて主婦のほうね。どこにでも居そうなオバさんが十数人。それがね。

オバさん、全員が同じ服と顔と髪型と背丈だったんだそうです。

一緒の色のセーター着て、仮面を被ったみたいにみんなニコニコ笑いながら、足どりもぴったり揃ってて。軍隊の行進みたいだった、って言ってました。

あっ、こんなの生きてる人のはずがない。

そう思った途端に彼女、出血のせいか失神しちゃったって。気づいたら到着した本物の救急隊員に「大丈夫ですか、大丈夫ですか」って呼びかけられていたんだそうです。

でもって、朦朧《もうろう》として救急隊員の声に応えながら、「さっきのはなんだろうな、夢かな」なんてぼんやり思いながら、顔をあげたら。

目の前が真っ赤だったたって。

血しぶき。

叫んだ拍子に吹いた血が、ぱあっ、とフロントガラス一面に散っていたんだそうです。

「だから夢じゃないと思う。まあ、その事故のおかげでほとんど差し歯にしたから、ここ最近は見る回数がぐっと減ったけど」

彼女、笑いながらそう言ってました。ホントに変な話ですよね。

割器

【日時／九月二十一日午後十二時二十分】


向かいのブースで小さく悲鳴があがる。

何事かと思い、椅子から立ち上がって前方へ視線を向けた先では、陶芸を生業にしている卒業生が、床に散らばった破片を慌てて拾い集めている。

聞けば、机に置いていた中鉢皿が目の前で割れたのだそうだ。

「触っていないのに」と、本人は訝《いぶか》しんでいる。

錫杖

【日時／九月二十一日午後一時十五分】

【話者／山形市在住の四十代女性、知人の娘さんが出展しているので見にきたとの事】


数年前の出来事です。

茨城の実家に帰省していた私は、父親や弟夫婦と一緒にお酒を飲みながら、リビングで思い出話に花を咲かせていました。

と、弟が突然会話を遮って「あれ、なんだい」と私の後ろを指さしたんです。

振り返ると、カーテンの隙間からわずかに見える窓の外に、錫杖《しゃくじょう》……ええ、お坊さんが持っているような金属製の杖が、ちらりと見えました。

ですが、近くにお寺なんてないし、お坊さんが来るような時間とも思えない。そもそも窓の外は庭になっているので、誰か入ってくれば砂利が鳴るはずなんです。私や弟夫婦はもちろん、父親も驚いてしまって。

そのまま強張《こわば》っているうちに、錫杖は「じゃらっ」と杖の先についた金の輪を鳴らして暗闇に消えてしまいました。すぐに父と弟が表へ飛び出し庭を確かめましたが、誰の姿もなかったそうです。

いまでも、実家へ帰るたびにその話題になりますよ。

お盆の夜の、話です。

念力

【日時／九月二十一日午後二時三十分】

【話者／仙台在住の五十代男性、美術商。学生の作品を視察にきたとの事】


お兄さんさ、ユリ・ゲラーって知ってる？

あれ、知ってるの。もしかして僕とお兄さん、意外と歳が近いのかしら。そう、それ。超能力でスプーンを曲げたり未解決事件の捜査をしたりしてた外国の人。僕、小さいころ彼に夢中でさあ。ユリ・ゲラーが出演するテレビは欠かさず観ていたの。

や、ただボケっと画面を眺めてたわけじゃないよ。台所から拝借したスプーンを握って、念力で曲げるの。そうだそうだ、あのころは超能力じゃなくて念力って言ってたんだよね。なんか懐かしいなあ、いろいろ思いだしてきちゃった。

僕ね、ユリ・ゲラーの番組がはじまると、三歳上の姉とスプーンを握りしめてテレビの前に座るの。そんで、ユリ・ゲラーが「これから視聴者に私のパワーを送ります」なんて言うわけ。あ、もちろん通訳の人が横にいて日本語で喋るんだけど。で、ユリ・ゲラーが拳を握って念じるのよ。顔を真っ赤にして、額に汗まで浮かべちゃったりして。

で、こっちもスプーンを睨《にら》んで「曲がれ、曲がれ」なんて姉弟そろって連呼してさ。

まあ、曲がんないよね。あははは。

最後は母親に「食器で遊ぶんじゃない」ってゲンコツを食らっておしまい、ってのが、いつもの流れだったんだけど。

あれは……五、六回目の特別番組のときだったかなあ。

うん、たしかそのときはスプーンじゃなくて、電池の切れた腕時計を握って「動け」と念じる実験だったはず。ところがウチの父親、腕時計の修理を終えたばかりでね。電池の切れた時計なんて我が家になかったのよ。困っちゃったけど、番組はこっちの都合なんてお構いなしに進んでいくでしょ。姉と「どうしようか、どうしようか」ってオタオタしたあげく「なんでも良いから動け、どれでも良いから曲がれ」ってテレビの前で念じたの。

そしたらもう、絶叫ですよ。

テレビに飽きて台所に立ったはずの母親が「なにこれッ」って叫んだのよ。

どうしたのかと驚いて、僕と姉が台所に走っていったら……本当にビックリしちゃった。

歯磨き粉のチューブから、中身が全部漏れてるんだもの。

僕と姉が使っていたイチゴ味のやつと、父親がお気に入りだったハッカ風味の強いやつ、どっちも、まるで力まかせに握ったみたいにニュルニュルニュルッ、ってなってんのよ。「念力だ」って僕らは喜んでいたけど、母親はタチの悪いイタズラだと思ったみたいで、何日もおかんむりだったねえ。あははは。

その後も何度かチャレンジしたよ。でも、歯磨き粉もスプーンもピクリともしなかった。そのうちブームも終わっちゃって、僕も姉もすっかり飽きちゃって、それきり。

いまでもたまに歯を磨いていると、そのときの出来事を思いだして、念じてみることがあるよ。ま、全然だけどね。あははは。

あれ、いったいなんだったのかなあ。

革靴

【日時／九月二十一日午後三時十分】

【話者／県内在住の五十代男性、高校生の娘が再来年受験するので来てみたとの事】


かなり昔の話なんですが……良いですか？

教育学部の学生だった私は二十一歳の夏、教育実習生として地元の秋田県K市に戻っていました。そんな、実習で通っていた中学校からの帰路で起こった出来事です。

どういう風の吹き回しだったのか、その日、私はいつもの帰り道を通らず、別ルートを選んで家へと向かっていました。いや、なにか不吉な予感があったとかではなく、本当に単なる気まぐれだったんです。別ルートと言っても地元ですので道は熟知していましたし、なによりも実習生として通っていたのは母校でしたから、どの道も勝手知ったるもので。いま思えば、懐かしさ半分だったんでしょうね。

と、変わらない町並みに目を細めながら歩いているうち、目の前に一軒の住宅が見えてきたんですが……私、その家に見覚えがあったんですよ。

同級生だった男の子の自宅でした。

その子は心臓が弱くてね、体育なんかはしょっちゅう休むし、欠席も多かった。それでときたまプリントなんかを届けていたんで、家を覚えていたんです。

「アイツ、元気でやってるのかな」なんて考えながら近づいていた矢先、当の同級生が、ひょこっと姿を見せたんですよ。卒業してから六、七年は経っているんで自分同様に歳は食っているんだけれど、面影がしっかりと残っていたのですぐに判ったんです。

よく見ると、同級生は頭を掻きながら家の前に面した道をうろうろしている。なんかね、落とし物でもしたような素振りなんですよ。決して活気に満ちているといった雰囲気ではなかったけれど、そこそこ元気な様子を見て嬉しくなった私は、思わず声をかけたんです。

ところが、同級生はこちらにまるで気がついていないようで、家のなかへ、ひょいっと入ってしまった。

「なんだアイツ」と、少しだけ腹が立ったんですが、すぐ考え直しましてね。お互い歳をとったのだから、かつてのクラスメートに彼が気づかなくても無理はない。ここはひとつ、きちんと訪問して再会を喜びあおうと思ったわけです。

同級生がうろうろしていたのは勝手口のある家の裏手だったんですが、酒屋の配達でもあるまいし、裏口から訪ねるというのも憚《はばか》られる。そこで、正面玄関に回ったんですよ。けれども、何度ドアを叩いても誰も出てこない。なんとなく人の居るようなざわついた気配はするものの、室内からはまるで反応がない。すこしムッとしましたが、「そういや、中学の頃もこんなだった」と思いだしましてね。担任から預けられたプリントを渡そうと訪ねたときだって、なんべんノックしても同級生はおろか家族も出てこなかった。痺《しび》れを切らしてドアを開け、玄関から声をかけると、ようやく同級生が青白い顔で廊下の奥から姿を見せるんです。聞けば家の構造に難があるらしくて、玄関の音が聞こえないらしい。そんな理由を申し訳なさげに弁明していた同級生の顔を思いだしたもんで、私、ものはためしとばかりにドアノブへ手をかけたんです。

当時と同じように、ドアはすんなり開きました。

ああ、やっぱり昔と変わってないな。そう思いながらドアを開けて、玄関を覗いたら。

靴があったんです。

真っ黒な革靴が、何十足も玄関にびっしりと隙間なく揃えられていたんです。

甲虫の群れみたいでした。

ぎょっとしましたよ。だって、同級生の家は両親と彼の三人暮らしだったはずなんです。仮に、結婚やらなにやらがあって家族が増えたのだとしても、明らかに数が多すぎる。

なんだこれ、と思いました。

もしこれが夜中だったら怖がってそのまま引き返すところですが、まだ陽も高い夕暮れだったせいか、さして怖いと思わなくてね。ただただ、西日でぎらぎら光っている無数の革靴を呆然と見つめていました。

と、そのとき廊下の襖がかたかたと開いて、彼の母親が顔を覗かせたんです。様子から察するに、玄関の物音に気づいて「誰だろう」と覗いたようでした。私は慌てて名前と、いましがたの邂逅《かいこう》を説明したんです。そしたら、その瞬間にお母さんが泣きだしてね。

死んだって言うんです。

同級生、死んじゃったって言うんですよ。

驚きながらもお母さんに促されるまま仏間に入ると、目の前に逆さ屏風が立っていて、その周りを十数人もの喪服を着た親族が囲んでいました。

部屋が薄暗くてね。

皆、じっと俯いているなか、線香の煙だけが障子からこぼれる光に浮きあがっていてね。

同級生は、白い布を顔に被っていました。

卒業後も心臓は良くならなかったようで、数ヶ月前から臥せっていたのが、今日の朝に容態が急変して息を引き取ったのだそうです。

「呼んでもらったんだね」

ついさっき同級生を見たと告げる私に向かって、親族らしき男性が、そう呟きました。困ったような素振りをせずに、堂々と招いてくれて良かったのに。引っ込み思案な彼の性格を思い出しながら、私は同級生の傍らに座って、静かに手を合わせました。

何故でしょうね。あの日の出来事を思い出すたび、私は彼の死に顔より、整然と並んだ無数の革靴が頭に浮かぶんですよ。

不思議なものです。

鈴鳴

【日時／九月二十一日午後五時四十分】


秋の陽は落ちるのが早い。すでに窓の外は赤紫に暮れており、往き交う人の姿もぐんと減っていた。もう一時間もしないうち、学祭の初日は終わりを迎える。

周囲に帰り支度をはじめたブースがちらほら見受けられるなか、私は隣に出展していた知人の日本画家と、他愛もないお喋りに興じていた。彼は妖怪や悪魔などを専門に描いており、ブースに設置された机の上にも雰囲気を演出するための小道具が幾つも並んでいる。

と、そんな小道具のひとつ、「金剛鈴《こんごうれい》」と呼ばれる行者の用いる鈴が「ちりん」と鳴り、私たちは顔を見合わせた。

金剛鈴は指で上部を摘み、左右に振らなければ鳴らない形式の鈴である。机に置かれた状態では、音が出ようはずもないのだ。

「怖い話、ずいぶんと集まってましたもの。そりゃあ、鳴りますよね」

彼の言葉に背中を押され、私はそそくさと帰宅の準備をはじめた。

悪戯

【日時／九月二十二日午前九時五分】


翌朝、設営のため学祭がはじまる一時間ほど前にブースを訪れた。

昨日の帰り際、表紙を上にして積んでおいたはずの拙著が、すべて裏返しになっている。

おおかた誰かの悪戯《いたずら》だろうと気に留めぬことにする。

「誰か」の正体については、考えるのを止めた。

左手

【日時／九月二十二日午前十時二十五分】

【話者／仙台市在住の二十代女性、学祭ステージで催されるライブを見に来たとの事】


ウチのお母さんから聞いた話です。

私のお祖母《ばあ》ちゃん、私が幼稚園のときに亡くなったんですが、最近になってお母さんが「あの人のお葬式は怖かった」って言うんですよ。

お焼香ってあるじゃないですか。木のかけらみたいなの指で摘んで、遺影を拝んでから焼くヤツ。アレです。で、お葬式だから当然しますよね、皆。その様子を泣きながら見ていたんですって、ウチのお母さん。

そしたらね、お祖母ちゃんと同い年くらいの老女が、遺影の前に来てお焼香をするなり「げっげっげっげっ」って吐くみたいな声をあげたんだそうです。

「あんまり悲しくて具合が悪くなっちゃったのかな」

お母さん、そう思って注意していたら……その人、笑ってたんですって。

「えっ」って驚いていると、その女の人、お母さんの横を通って席へ戻る際に「ようやくかえしてもらうので」って、小さな声で言ったらしいんです。

だけど、横を通ってたとしてもそれなりに距離はあるし、お坊さんがお経読んでる最中なんだから、それなりにウルサいじゃないですか。絶対聞こえるはずないのにって思ったらしいんですけど、お葬式の途中だし、どうにもできないでしょ。

幻聴だ、お祖母ちゃんが死んでバタバタしていたから疲れてるんだ。お母さんは自分にそう言い聞かせて遣り過ごしたんですって。

けれども、いざ火葬場に行って、お骨を拾おうとしたらね。

ないんですって、お祖母ちゃんの。

左手だけ。

他の骨は綺麗に残っているのに、左手の骨だけが手首の先からすっぽりなくなっていたらしいんです。びっくりしているうち、骨は壷へあっという間に入れられてしまったので、はっきり確かめられなかったらしいですけれど。

で……その話を私やお父さんにして以来、お母さん「なんであの人に左手を借りていたんだろう」って、何度も口にするんですよ。

気持ち悪いからヤメてって言っても、何回も何回も繰り返すんです。
どうすれば良いんでしょうね、これ。

相談

【日時／九月二十二日午前十一時十五分】

【話者／山形市在住の十代女性、本校の学生との事】


あの、どっちかと言えば相談っぽい話なんですけど、良いですか？

ええと、私が今住んでいるのは、×××××（大手賃貸メーカー。名は伏す）のアパートなんです。それで、そこがちょっと変なんですよ。気のせいかなとも思うんですけど。

あ、私は今年の三月に進学のために山形来たんですけど、引っ越してきた日の夜にね、まだ片付けが終わっていない部屋でグッタリしていたら、壁に備え付けてある来客を確認するためのモニターが、ぶぅん、って明るくなったんです。

でも、そのモニターってインターホンを鳴らさないと画面が点かないはずなんですね。変だなあと思いながらも見たんですけど、誰も映ってないんですよ。魚眼レンズのせいでぐんにゃりとした廊下があるだけなんです。

次の日、すぐに大家さんへ連絡して「壊れてます」ってクレームを入れたんですけどね、来てくれた業者さんは「何処もおかしいところはない」って言うんです。現に、その場で試してもらったら、なんともないんです。

でも、その後も一週間に一度くらい、必ず夜中にモニターが点くんです。で、最近気がついたのは、点灯した直後になにかの影が画面の右端へ、スッと移動してるんですよ。

右端、行き止まりなんですけどね。

麦藁帽子

【日時／九月二十二日午後十二時五分】

【話者／宮城県在住の五十代女性。姪の所属するサークルの屋台を見にきたとの事】


三歳くらいだったかな。姉と一緒におつかいへ行った帰り道での話です。

私の手を引いていた姉が、突然「帽子があるよ」って空を指さすんですよ。それで私も見あげたらね、麦藁帽子そっくりの物体が、私たちの数メートル上にふわふわ浮いてるの。麦藁帽子にしては随分とキラキラしていてね。陽の光を反射して眩《まぶ》しいくらいなんですよ。「なんだろうね」「不思議だね」って言っているうち、麦藁帽子は凧が風に乗ったみたいに、ひょいっ、ひょいって跳ねながら、どんどん空高くのぼっていって、見えなくなりました。

風船とも似ていなかったし、かと言ってＵＦＯってもっと大きいものでしょ。いまでも気になる、ちょっとおかしな体験です。

凶通

【日時／九月二十二日午後一時二十分】

【話者／六十代女性、希望により在住は伏す。来訪目的も記載を控えてほしいとの事】


なにが怖いって、ウチの本家ですよ。いえいえ、嫁姑とかの話じゃあないんです。

私の嫁ぎ先は分家筋にあたる家で、当然上には本家があるわけですが、そこがちょっと変わっておりましてね。

本家筋の人間は、必ず、全員、同じ日に死ぬんですよ。

十二月の××日なんですけれど。

私が嫁いで間もなく、その頃のご当主が心臓発作で突然亡くなりました。庭先で倒れて爪が剝《む》けるくらい玉砂利を掻きむしっていたそうです。それから二年後にはその奥さまが蔵の階段から足を滑らせて首の骨を折って死にました。その後も当主の弟さんが子供でも泳げるような池で溺れて——十二月なのに池へ入ったのもおかしいんですが——死んで、あ、その前の年は当主の三男が風邪をこじらせポックリ亡くなりました。地元を離れればなんとかなるのではないかと思い立って旅に出た親族もいましたが、その人は当日の朝、旅館で首を吊りました。自殺するような性分ではなかったんですが。

そんな感じで、その家の人間は皆、同じ日に死ぬんですよ。死因はバラバラ、もちろん誰も亡くならない年もありますし、何年おきに死ぬといった法則もないみたいです。

ただ、私が知るかぎり、その日以外の日に亡くなった方はひとりもいません。

過去になにがあったのかなんて誰も言わないし、分家の人間が聞ける話でもありませんから、未だに理由は解りません。

実は、ここ二、三年は誰も亡くなっていないんですよ。

今年あたり誰か持っていかれるんじゃないか。分家の人間は集まるたびに噂しています。

人形

【日時／九月二十二日午後二時】

【話者／山形市出身の三十代男性。本校の卒業生で、帰省がてらに覗いてみたとの事】


一年前の話です。

その日、私は職場の仲間と出張で信州を訪ねていました。雰囲気は良かったんですが、周囲に歓楽街があるような場所ではなかったから、宿の温泉に入るか部屋でビールを飲むくらいしか楽しみはなくて。しかも経費の都合で宿泊先は小さな旅館の四人部屋。結局、日が変わる前にみんな寝てしまったんですよ。

夜中に、目が覚めました。

部屋の隅で、かりかり、かりかり、って虫が這うような音が聞こえているんですよ。私、枕が変わると眠れない質なので小さな物音でも起きちゃうんですね。それでどうにも気になって、音の正体を探して暗い部屋のあちこちを確かめたんです。

音は、床の間に置かれたガラスケースの中から聞こえていました。

おおかた、蠅《はえ》とか蜂《はち》といった虫の類が迷いこんで出ようとしてるんだろう。そう思ってケースをまじまじと見つめたらね。違ったんです。

人形が、踊ってるんですよ。

よくあるでしょう、子供を象《かたど》った陶製の人形。あれがガラスケースの中で、ぱたぱたと手足を動かして踊っているんです。その手がガラスに当たるたびに、かつ、かつって音を立てているんですよ。

部屋が暗くて、目鼻立ちや着物などの詳細は解りません。でも、シルエットはまぎれもなく人形のそれなんです。

厭なものを見たと思ってね。布団に潜りなおして、じっと目を瞑《つむ》って遣り過ごしました。昼間の疲れもあったのか、幸いにも私はそのまま眠りについたんです。

ところが、翌朝になって目を覚ましてから、おそるおそるガラスケースを見てみるとね。

人形じゃないんですよ。

ガラスケースの中にあったの、珊瑚《さんご》なんです。

大ぶりの珊瑚が、飾られていただけなんです。人形なんて何処にもないんですよ。

旅館の人に聞いたら、「あの珊瑚は十何年も前に知り合いから買ったものだ、あの部屋に置いて以降は動かしたことはない」って言うしね。
じゃあ、夜に私が見たものは、いったいなんだったんでしょうか。

離脱

【日時／九月二十二日午後三時十分】
【話者／山形市在住の二十代男性、鳶職。友人数名と連れ立って遊びに来たとの事】

いや自分、最近マジでスゴい体験したんスよ。はじまりはコレなんスけど（言いながら見せた左手は、ギブスで覆われている）、三ヶ月前、事故っちゃって。真夜中に原付でカノジョん家《ち》に行く途中、横転して大怪我。腕とかアバラとか身体中がイッちゃって。即入院ですよ。

でも入院したからってソッコーで治るワケじゃないでしょ。折れたところはハンパなく痛いまんま。だから、二週間くらい鎮痛剤を入れられてたんスけど、今度はその副作用かなにかで、目をつぶると事故の瞬間がフラッシュバックするようになっちゃって。おかげで睡眠障害っぽくなっちゃったんス。

眠れないのも困ったけど、いちばんビビったのは……浮遊感って言うのかな、身体から意識だけがズルッと抜けるみたいな感覚がときおり襲ってくるようになって。

や、最初はメチャ焦りましたよ。けど、人間って慣れるもんで、二、三回も体験したら却って面白くなってきちゃって。「お、また来たか」なんて余裕が出てきたんス。

それで、五回目くらいだったかな。「もしかしてコレ、幽体離脱ってヤツじゃね？」って思ったんで、いつもは必死で力を入れていた手足を、だらんと楽にしてみたんスけど。

したっけ（方言で〝そうしたら〟の意味）力を抜いた途端に、ぶるぶる、って身体から「なにか」が脱けて。水を吸った布団から這いだすみたいな感じで。「あれれっ」と思ったときには病室の外、空中に飛びだしてました。いや、マジなんですって。

あんまり意識がはっきりしてるもんで最初はブルってたんスけど、どうせだからなにかしてみようと思うでしょ？　や、思ったんス。で、カノジョのアパート行ってみるかって。

したっけ、そう思った瞬間に、ブンッって。

（意味が解らず、状況を改めて聞く私にすこし苛立ちながら）だから、一瞬でカノジョのアパートの前に着いてたんだって。飛んで移動とかじゃねぇの。あっという間にドアの前。ワープワープ。いやシャレんならないっしょ。

部屋んなかでは、カノジョが見たことない新しいパジャマ着て、洗い物してました。「今度コイツが見舞いにきたとき〝お前、こないだ新品のパジャマで皿洗ってたべ〟って言ったらビビるべな」とか考えて笑ってたんスけど。したっけ突然、ウッて。

あ、つまり「ウッ」って呼吸が苦しくなったんス。自分は海老アレルギーなんスけど、間違って海老食って、喉が腫れて息が詰まる感じ、そのヒドい版みたいになっちゃって。

これ、なんか起きてんじゃねえか、病院に戻らねえとマズいんじゃねえか。

そう思った瞬間、一瞬で目の前の景色が病室に戻って。

「ああ良かった」とホッとして、ベッドに寝てる自分を見たんス。そしたら。

枕元にいるんスよ。

全身真っ黒な、人っぽい形のかたまり。

天井につきそうなくらいでっかいんス。三メートルくらいはあったかな。それが背中を思いっきり曲げて、ベッドに寝てるもうひとりの俺の首すじに、グイッ、グイッって顔を押しつけてるんですよ。まるで入りこもうとするみたいに。

おまけに、男だか女だかも判らない呻き声が、映画館の音響みたいにそこらじゅうから聞こえてるし、その間にもどんどん息は詰まってくるしで、もうマジヤバいと思って。

「夢だ、これは夢だ」

そう言い聞かせて、覚めろ覚めろって念じてたら、ふっと視点が変わって。

ベッドに横たわっていたんスよ、自分。戻ってたんス。

ため息ついて、手の甲で汗拭いて。で、周りを見たら。

黒いの、まだ居て。

こっちを見おろして、ニヤニヤしてました。

笑ってんの。全身真っ黒なくせに口だけちゃんとあるの。発光してるんじゃないかって

くらいに、口の中がデラッデラに赤いの。

途端に息苦しい感覚がまた戻ってきちゃって、病室がいっそう暗くなったと思ったら、

意識が飛んじゃって。

で、気がついたら、ナースステーションの椅子に座って看護師に背中を擦られてました。

「え?」ってなりますよね。マジで混乱しましたよ。

そんでもって看護師になにが起こったのか聞いたら、俺、ベッドに正座してね、天井を

見つめながら震えてたって言うんスよ。

正座なんかしてねえよって反論しても「薬のせいですね」ってまるで相手にされなくて。

そのうち俺も冷静になってきて「やっぱ夢だったのかな」って考え直しはじめたんス。

ところが翌日、見舞いにきたカノジョに聞いたら、昨日は新しく買ったパジャマを着て、

皿を洗ってたって言うじゃないスか。

やっぱ本当だったんだと思って。いや、嬉しいやらおっかないやら、複雑でしたよ。

あ、それで退院してから、この出来事を仕事先のセンパイに話したんスよ。したっけ、

「ソレはお前、ちゃんとお祓いしないとマズいべ」って気ィ使ってもらって、センパイの
お母さんの知り合いだっつう霊能者を紹介してもらったんス。

そしたら、その人が怖い口調で言うんスよ。

「アンタよく生きてるね、とんでもないところで事故ったもんだ」って。

なんでも、自分が事故った場所がマズかったらしくて、真っ黒なヤツはそこから憑いて
きたって。で、どうすれば良いか聞いたんスけど、もう無理だって。

「来年の元旦に死ぬよ」って。

あと三ヶ月くらいでしょ。どうすっかなあと思って。

困ってんスよ。

ヨシダの女

【日時／九月二十二日午後四時二十分】
【話者／仙台市在住の三十代男性、兄弟である在校生の搬出を手伝いにきたとの事】

ちょっと長い話なんですけど、大丈夫でしょうか。

いまから三年ほど前、ある企業に就職が決まりましてね。それで入社式に参加するため、東京のビジネスホテルに前泊したんですよ。そのとき、ちょっと……いろいろありまして。

当日はお昼過ぎに東京駅へ到着しまして、ひとまずホテルのある[redacted]町へ向かいました。ホテルは新しめの外観で……部屋の番号までは憶えてないですけれど、たしか七階だったはずです。まあ、ビジネスホテルにありがちな普通の部屋ですよ。ドアを開けると右手にユニットバスがあって、部屋の壁際には簡素なベッド、机の上にテレビと電気ケトル……そんな感じの、ごく平凡な部屋です。

そうそう。私、ビジネスホテルの雰囲気が好きでして。上手く説明できないんですけど「ああ、旅にきたなあ」ってワクワクした気持ちになるんです。解ってもらえますかねえ。

で、その日も部屋に到着するなり、喜びいさんでベッドに倒れこんだんです。

それが良くなかったんですよねえ。

気がつくと、部屋は真っ暗になっていました。ええ、寝ちゃったんです。慌てて時計を見ると午後九時半過ぎ。「やっちまったなあ」と頭を抱えましたよ。普通の旅行だったら「夜の街へでも繰りだすか」と気持ちを切り替えるところですが、明日は朝から入社式でしょ。「仕方がない、飯でも食って早めに寝よう」とホテル近くの牛丼屋に入り、ひとまず腹を満たしてから部屋に戻りました。

ところが、今度は眠れないんですよ。

まあ当然っちゃ当然ですよね、ついさっきまで寝ていたわけですから。そんなこんなで私、ベッドに横たわったままぼんやりしていたんです。ようやく睡魔に襲われたのは午前二時近くでしたかね……まあ、安眠はすぐに妨げられてしまったんですけれど。

きっかけは、ノックでした。

誰かが、こんこん、こんこん、と部屋のドアを叩いているんです。まだ覚醒しきらないまま、壁を見つめて——あ、私は横向きで寝る癖がありましてね。その日はドアに背中を向ける格好で横になっていたんです——そんな姿勢のまま音に耳を傾けていたら。

「フロントです」

女性が、ドアの向こうで言ったんです。

それを聞いて「はあ」と生返事をしたところ「失礼します」という声に続いて、女性が躊躇《ためら》いもせず部屋に入ってきたんです。

足音が背後から近づいてきて、私を見下ろす位置から再び声がしました。

「あなた、ヨシダ[redacted]ロウさま（筆者注：同姓同名の人物がいるであろうことを慮《おもんぱか》り、伏字とした）ですか」

こちらが寝ぼけまなこで「違います」と答えるなり、今度は「教授からなにも聞かされていませんか」と、女性が呟きましてね。なにも聞いていないように思うけど。そもそも教授って誰だろう……なんて考えながら、しばらく沈黙していたんですけど。

はたと気づいたんです。

ドアが開く音、聞こえていないよなって。

そもそも、施錠してたよなって。

思わず「えっ」と叫んで起きあがろうとしました。ところが、動かないんです。荒縄で縛られたように身体の自由が効かないんです。ええ、俗に言う金縛りってやつですよ。

これはヤバいと直感して、私はとっさに目を瞑りました。いま起こっていることから、文字どおり目を背けようとしたわけです。ところが……浮かぶんですよ。目にしていないはずの女性の姿が、脳裏にぼんやり浮かぶんです。

二十代と思われる、細身の女でした。グリーンの制服と帽子を被った、ちょっと古風なホテルマン風のいでたち……とでも言うんですかね。髪はうしろで一本に束ねられていて、両手でバインダーを抱えている。そんな容姿の女性が、私を見下ろしているんです。

なんだこれは。どうしてこんなものが見えるんだ。

戸惑いながら、私はじっと息を殺していました。そのまま何分くらいそうしていたのか……ふいに、女が口を開いたんです。

「ワたシとムすバれるコとはデきマセんか」

それまでは事務的だった口調が、その言葉だけ、一音一音がもったりした――まるで、自動音声に切り替わったような感じですかね――そんな声色になったのを憶えています。

聞きとりづらさはありましたが、発言の意味するところはなんとなく把握できました。どう考えてもまずい。どのような返答をしても、大変な目に遭う予感しかしない。なんと答えるべきか逡巡《しゅんじゅん》していると、身体をきつく縛りつけていた感覚が、ふっ、と解けて。

いいえ、すぐには動けなかったですよ。あの女は背後にまだ居るんじゃないか、安堵した直後に再び声をかけてくるんじゃないか。不安が拭えず、ひたすらじっとしていました。

すると、突然廊下で激しいノック音が聞こえたんです。それからまもなく、隣の部屋の壁がドンッ、と鳴りまして……やがて、さっきよりも遠くで再びノックの音が聞こえて、壁が鳴って。そこで思ったんです。

嗚呼。あの女、すべての部屋をまわっているんだ。

結局、一時間近くおなじ姿勢のまま布団で固まっていました。

ふと、枕元に置いた携帯を見ると、午前六時。窓の外もすでに明るい。そこでようやく動けるようになって……それでもとにかく怖かったものですから、「この恐怖をみんなと共有したい」と、日記機能を有した某SNSにありのままを投稿したんです。このときの日記は、いまでも削除せずに残っていますよ。

それで、取り急ぎ朝食を済ませると、部屋に戻らずそのままチェックアウトしました。鍵を返却する際、受付の女性に「誰か昨夜私の部屋を訪ねてこなかったか」と、念のため問いただしましたが「どなたもお越しになっていません」とすげなく返されました。

さて、そんなわけでなんとか入社式を終え、新入社員研修がはじまったわけですが。研修を受けているうち、新入社員の大半があのホテルに前泊していたという事実が判明しましてね。それで、なにか妙なことはなかったかと同期数名に訊いてみたんですが……芳《かんば》しい返事はもらえませんでした。私以外、妙な体験をした人間はいなかったんです。

つまり、あれは気のせいだったのだろう。疲労や環境変化によるストレスが、不可解な幻を見せたのだろう……私はそのように自分を納得させていたんです……けれども。

（ここで話者の携帯が鳴る。一分ほど中断ののち、再開）

すいません。ええと、研修のところまでお話ししましたよね。もうすこし続きます。その後に私は地元である宮城県の支社に配属が決まりまして。それで……勤めて一ヶ月くらいしたころだったと思うんですが、同期の女子社員ふたりと居酒屋で飲む機会があったんです。

研修の思い出を語り合っているうち、私は例のホテルの話を思いだしました。あ、研修自体は男女別々だったもので、女子社員とは研修中に会話する機会がなかったんですね。まあ、そのころには恐怖がだいぶ薄れていましたので、「ちょっと怖がらせてやろう」

なんて思惑で、情感たっぷりに話したわけですが……。

話しているうち、ふたりが顔を青ざめたかと思うと、互いを見ながら頷《うなず》いているんです。

「私の部屋にもきた」

そう言うんです。

ええと、女子社員をA子、B子としましょうか。ふたりはもともと同じ大学の友人で、ホテルの部屋もたまたま隣だったらしいんです。ええ、彼女たちもあのホテルに泊まっていたんです。部屋番号を確認したところ、私とおなじ階でした。

で、私も聞いて驚いたんですが……実はA子、東京に遠距離恋愛中のボーイフレンドがいたんだそうで。それで、入社式の前日とはいえせっかく再会できたのだからと、なんと部屋に彼氏を連れこんだと言うんです。もうビックリですよ。あ、もしバレるとホテルに怒られると思うので、そこはご配慮をお願いします。はは、すいません。

さて、恋人どうしの時間が終わるとボーイフレンドは早々と眠ってしまったらしくて。で、暇を持て余したA子は寝ている男性を残し、自室のドアを開けたままでB子の部屋へ遊びに行ったんだそうです。本人によれば、いろいろ騒がしかったお詫びをしてから、すぐ戻るつもりだった、とのことでした。

とはいえ、仲良しのふたりですからね、挨拶だけで終わるはずもない。なんだかんだと談笑しているうち、結構な時間が経っていたようです。

ところが、そんな女子会の最中、部屋のドアが突然ノックされたんだそうです。

B子がおそるおそるドアスコープを覗いてみると、髪を束ね、バインダーを胸に抱えた制服姿の女が顔を俯《うつむ》かせたまま、ドアの前に立っていたと言うんです。

「なんか……ホテルの従業員っぽい人、きたんだけど」

B子が小声で囁《ささや》いた台詞《せりふ》に、A子は「自分が原因だ」と思ったそうです。ドアを開けっぱなしで隣室に入った自分を、ホテルが監視カメラかなにかでチェックしており、注意を促《うなが》しにやってきたのではないか……そのように推理したわけですね。

「ごめん、たぶん私」

そう言うが早いかA子は部屋の入り口へ駆けだし、すぐにドアを開けたそうです。

ところが、誰もいない。開け放った先の廊下には誰の姿もない。

ふと、隣室――つまりドアを開けたままのA子の部屋ですね――に目をやると、閉まるドアの隙間から、ホテルマンの女性が滑りこむように室内へ入っていく姿が見えた。

彼女はおおいに焦ったようです。それも当然でしょう、部屋はオートロックで外からは開かないんですから。おまけに部屋では宿泊者名簿に記載のないボーイフレンドが眠っている。もし会社にバレたら入社式どころではありませんから。慌てた彼女はB子の部屋に据えつけられていた電話機から、内線で自分の部屋に電話をかけたのだそうです。

コール音が三十秒ほど続いて、ようやくボーイフレンドが眠そうな声で電話に出ました。

「いま、部屋にホテルの人がきてるでしょ」

「……なんの話か解んないんだけど。部屋はオレしかいないよ」

すぐにオートロックを開けてもらい自室に戻ってみましたが、部屋には誰かが侵入したような痕跡はなかったそうです……さて、私はね。

(再び電話。二分ほど中断)

いや、すいません。さっきマナーモードにしたはずなんですが……なんかこの話を遮《さえぎ》るみたいに、邪魔が入りますね。ええと、では続きを。

結局A子とB子の話はそこでおしまい。私みたいに金縛りになったとか声をかけられたとか、そんな展開はなかったみたいです。

でも、彼女たちの話を聞いているうちに、私、ちょっとした仮説が浮かんだんですよ。

あの女は「ヨシダ[redacted]ロウ」という名の男性、もしくはそれに関係する人物を捜している。そして、たぶん名前こそ知っているものの、その容姿は知らないのではないか。だから、男性がいる部屋にしか入らないのではないか……そう考えたんです。まあ、推測したところで確かめるすべなんてないんですけどもね。

ところが、先日のことでした。

知人から、[redacted]という事故物件が検索できるサイトを教えてもらったんです。ああ、けっこう有名なんですか、へえ。私はそのときまで全然知らなくて。地図上の炎マークを押すと、そこでどんな事件や事故があったのか詳細を見られる……ってやつです。

ためしに例のホテルを見てみたんですが、事故や事件のマークはついていませんでした。ところが、画面をよく見ると、ホテルの北側に炎のアイコンがあることに気づきまして。

クリックしてみたところ……ちょっとばかり、気になる内容だったんです。

ちょっと待ってくださいね、ええと……ほら、これです。

(話者、スマートフォンで当該サイトを検索、こちらへ画面を見せる。以下はその引用、伏字は筆者によるものである)

《東京都[redacted]区[redacted]一丁目の[redacted]ホテルと隣接するビルの間に女性の死体があるとホテルの男性従業員から六日午前九時十分ごろ、一一〇番通報があった。警視庁[redacted]署が女性の身元を調べたところ、所持品などから埼玉県[redacted]市[redacted]、無職吉田[redacted]さん（二四）とわかった。同署は事故と事件の両面から捜査している。調べでは、吉田さんはホテルとビルの間の幅約五十センチの通路に横向きの状態で倒れていた。白いコートに黒のブーツという冬服姿で、すでにミイラ化していた。解剖の結果、死因は全身を強く打ったためとみられる。ビルとビルの間にはホテル側しか窓がないため、吉田さんはホテルの窓から落ちたのではないかと同署はみている。吉田さんは昨年十二月[redacted]日夜、ＪＲ[redacted]駅近くの飲食店で行われた会社の忘年会に出席したのを最後に行方がわからなくなっていた。家族から十二月[redacted]日に地元の警察署に捜索願が出されていた。吉田さんは今年一月中旬に同じ会社の男性と結婚する予定で忘年会の日に退職していた》ね。お解りになりましたか。亡くなった女性の苗字、吉田なんです。

そうは言ってもまず建物が違いますし、そもそも吉田なんて苗字はありふれています。ですから、単なる偶然で因果関係はないと考えるのが一般的には正しいのでしょう。

でも、本当に無関係なんでしょうか。たまたまだよと笑い飛ばすべきなんでしょうか。

私にはどうしても、そうは思えないんです。

あの人……いまも「ヨシダ[redacted]ロウ」を探し続けているような気がするんですよね。

警告

【日時／九月二十二日午後五時五十分】


二日目の夕方を迎えて、大学構内はいよいよ「祭の終わり」といった雰囲気の、どこか寂しげな高揚感に包まれていた。

と、帰り支度を進めていた私の目の前が不意に、すっ、と翳《かげ》った。

顔をあげると、前日に「このブース、冥い」と言い捨てた、あの中年女性が立っている。

虚をつかれてなにも言いだせないままの私をじっと見つめて、彼女が口を開いた。

「あの話、誰にも言っちゃ駄目だよ」

言葉を返す間もなく、前日と同じように女性はすたすたと去っていった。

果たして「言ってはいけない話」がどれであったのかは、いまもって判らない。

一日店長顛末記

【日時】二〇一四年九月十日
【場所】山形市・戸田書店山形店

二〇一四年十月、私は山形市にあるT書店で一日店長を務めることになった。

きっかけは前月に催された怪談会だった。このT書店で店長を務めているのはK氏という男性なのだが、彼は無類の怪談マニアとして知られており、好きが昂じたあげく、いつしか「怪談店長」なる称号を取得するにいたったほどの人物である。その二つ名を証明するかのように、店内には怪談実話の書籍がずらりと並んでいる。現在刊行されている怪談本ならば大半が揃っているのではなかろうか（店を訪れた出版関係者が、都内でもこれほどのラインナップは見たことがないと絶句していたほどだ）。それだけでも驚愕に値するのだが、K氏の怪談愛は書籍のみに留まらない。

なんと、店内で怪談会を催してしまったのである。

店の一角を暗幕で覆ってこしらえた会場の中、私ほか数名の怪談作家が木戸銭を払った来場者相手に、灯籠の薄暗いあかりのなかで怪談を披露する……そんな、書店の片隅でおこなわれているとは思えないほど本格的な怪談会の最中に、事件は起こった。

会の終盤、締めの挨拶がてらに私がお客さまへ「不思議な体験をしたという方がいたら、ぜひとも私に教えてほしい」と投げかけたところ、怪談店長K氏が突然「では、本日ご来場かなわなかった方からも話を聞く機会を設けませんか」と言い出したのだ。

しまった、最初からこの展開を狙っていたのかと気がついたもののあとのまつりである。私はその場で、後日改めて一日店長としてレジ脇に張りつき、来店者から怪談をうかがうと宣言させられてしまった。

怪談を聞くのが仕事であるからそれ自体は構わない。だが、むさ苦しい顎髭《あごひげ》を生やした達磨《だるま》のような男がレジの前に何時間も居座るというのは如何《いかが》なものか。それは客にとっても私にとっても、ちょっとした拷問ではないのか。懸命に訴えてみたものの、K氏は「大丈夫ですって」と微笑むばかりで中止する気配など微塵もない。いま思えば、彼自身が私の取材する様子を間近で見たがっていたのだろうと思う。

そうこうしているうちにT書店には「一日店長があなたの怪談を聞きます!」と書かれた貼り紙があふれ、地元のラジオ番組でも告知されてしまった。ここまできたなら仕方ないと肚《はら》を括《くく》って、私は当日を迎えることにした。

結果から言えば、この一日店長は大成功だった。誰もこないのではという予想に反して七名の方がT書店を訪れ、自身もしくは知人の体験した怪異譚を私に教えてくれたのである。そして嬉しいことに、そのどれもが大変興味深いものばかりであったのだ。

「怪談売買所」同様、こちらが待ち構える形で拝聴する怪談は、自身が赴いて取材したものとは性質が異なる気がする。竿釣りと素潜りでは獲れる魚が違うようなものだろうか。

ともあれ、本稿ではこのT書店で蒐集した話をご紹介したいと思う（七名中、お一人だけ掲載の許可をいただけなかった）。語り口の妙味も楽しんでいただきたく、話者の口ぶりを反映して交互で記した旨を、あらかじめお断りしておく次第だ。

※追記　本稿発表から半年後、残るおひとりと山形市内で催された怪談イベントにて再会し、「ひとまず終わったので、載せていただいて大丈夫です」とのお赦《ゆる》しを頂戴した。よって、本書には残りの一話を追加している。

「なにが終わったのか」は、ぜひご自身の目で確認いただきたい。

火の玉

【Sさん／山形市在住・四十代女性】


あんまり怖くない話ですけど、良いですか。大丈夫ですか。

私、結婚するまでは×××市（東北の一地方都市。地名は伏す）で暮らしていたんです。勤め先は郊外の半導体工場でした。ちょうど携帯電話の普及率が右肩上がりのころで、増産しても増産しても追いつかないなんて工場長が言ってました。いまでは信じられない話ですが、当時は私たちみたいなパート社員に金一封が支給されるほど儲かっていたんです。

ただ、おかげで残業は毎日のようにありました。生産ノルマが日ごと増えるので、それをクリアするために七時か八時近くまでラインを動かしていたんですよ。ようやく帰るころにはすっかり日も暮れていて。あたりはいちめん田んぼだったので、暗くて。遠くに見える町のあかりだけを見つめながら、自転車を必死で漕いだものです。

その日も、私はいつもと同じように夜の農道を自転車で帰宅していました。

すると、一本道のかなたに真っ赤なあかりが見えたんです。炎の色というよりも、花火に使われる人工的な色に近いものでした。けれども、花火を楽しむにはまだ早い季節でしたし、田んぼで野焼きをする時期でもない。いったいなんだろうと首を傾げながら、私はペダルを漕ぎ続けたんです。

近づくにつれて、赤い光の点っている場所が工事用道路のあたりだと気がつきました。市の文化施設が建設されている真っ最中で、そこへ砂利や資材を運ぶトラック用の大きな道路が、農道を貫くように通されていたんですね。

じゃあ、もしかしてあれは発煙筒の類じゃないのかしら、事故を起こした誰かが、助けを求めているのではないかしら……そう思った私は、あかりのもとへ急ぎました。

ところが数メートル手前まで接近して、私は思わずブレーキをかけることになります。そこには人もおらず、車もいなかったんです。あるのはただ赤い光だけ。しかもそれが、地面ではなく空中に浮かんでいるんです。

あらっ、これって火の玉じゃないの。咄嗟《とっさ》にそう思いました。

でも変なんです。普通、火の玉ってフラフラしているものですよね。漂うって言うのか、さまようって言うのか、とにかくそんな動きを思い浮かべるじゃないですか。

その火の玉ね、弾んでいるんです。

スーパーボールってオモチャが昔ありましたよね。ゴムでできている、とんでもなく弾むボール。あんな動きで弧を描きながら、火の玉は勢いよくピョンピョン跳ねているんですよ。私の頭上を軽々と越えるほどの高さまで弾んでいたように記憶しています。

人間って、あんまり突拍子もない現象に遭うと頭がまわらなくなるんですね。

私は怖いとか怖くないとか考える余裕もなくて、ぼおっとしたまま、ピョンピョン跳ねる火の玉を眺めていました。ずいぶん長い時間のように思いましたが、実際は一分もあったかどうか、そのくらいの時間だったのだろうと思います。

気がつくと、火の玉は消えていました。消えた瞬間のことはあまり明瞭《はっき》りしないんですが、薄くなっていったような記憶はないので、たぶん唐突にフッと消えたんでしょう。

私は、いま見たものをどう解釈すれば良いんだろうと迷いました。これがもし墓場で見たものであったり、もしくはありがちな飛び方をしていたなら、ぎゃあぎゃあ騒いでいたかもしれません。家族や同僚に青い顔で話していたかもしれません。

でも「火の玉がピョンピョン弾んでいた」と話したところで、はたして誰が信じてくれるだろうか。そう思ってしまったんですよ。

あれはきっとなにかの見間違いか、疲れの所為《せい》でありもしないものを錯覚したに違いない。第一、あの工事用道路には火の玉が出るような謂《いわ》れなどないじゃないか。

私は自分にそう言い聞かせ、このことは誰にも話すまいと誓って帰宅しました。なのに、翌日になって私はその誓いを破ってしまう羽目になったんです。

昼休みでした。

食堂を兼ねた休憩所でお弁当を開いていると、同じ机に座っていた同僚が声をひそめて話しかけてきました。

「ねえ、Aさんのこと聞いた?」

Aさんとはこの工場で働いているパートの女性でした。当時の私よりもひとまわりほど年上で、新人だった私に仕事のあれこれを丁寧に教えてくれた人物でもありました。ただ、彼女は半年ほど前に別な生産ラインに移っていたので、しばらく顔を見ていませんでした。

「死んだんだって」

驚く私を前に、同僚はそのまま話を続けました。

「ほら、トラックが何十台も行ったり来たりしてる道路ができたじゃない。家へ帰る途中に、あそこでダンプにバーンと。自転車ごと跳ねあげられて即死だったみたい」

それを聞いた瞬間、私の脳裏に昨夜の火の玉が浮かんできました。あの弾むような動きは、もしかしたら車に跳ねられて空中高く舞いあがったAさんの軌道だったのではないか。私がすべてを話すと、同僚は自分で話を振ってきたにもかかわらず、「もうこの話は止めにしよう」と言って、ついには早退してしまいました。私は疑問が解けて晴れ晴れとした気分だったんですけど、彼女にとってはよほど怖かったみたいです。

その後、同じ場所で火の玉を見たという社員が何人か出ました。加えて、さっきの同僚が私の話を上役に知らせたらしく、それから間もなく工場内で神主さんを呼んでお祓いをすることになりました。その日以降、火の玉の目撃情報はピタッとなくなりましたよ。

でも、いまだったら予算だなんだと理由をつけてお祓いなんてしないかもしれませんね。ほんと、まだ景気の良い時代で幸いだったと思います。

臆病者と求道者

【Tさん／山形市在住・三十代男性】

ええと、私、ある体験のおかげで幽霊が怖くないんですよ。

すいません、いきなりこんなことを言ってもビックリしちゃいますよね。ええ、いちおうメモに纏《まと》めてきたんで、これを見ながらお話させてください（そう言いながらTさん、膝に置いた鞄からメモ帳を取り出す）。

もう十五年以上前、学生時代の話なんですけれど。同級生のBという男と二泊三日の旅に出かけた経験があるんです。

いや、彼とは取りたてて仲が良かったわけではないです。ゼミが終わった後、なにげなく話をしてたら、たまたまレポート用の調査で同じ町へ行くと判明しまして。だったら旅費を浮かすために一緒の宿に泊まろうよってハナシになった、ってまあそれだけのことなんです。

Bは寡黙《かもく》で物静かな印象の男でしたよ。ゼミの飲み会なんかでも、他の学生の馬鹿騒ぎをよそにニコニコしながら黙ってビールを飲んでいたのをよく憶えています。私自身、あまり明るい性格ではありませんでしたから、穏やかな彼と一緒であれば楽だろうと思ったんです。

それに、もうひとつ彼と旅行するのを厭《いと》わない理由がありまして。専攻が違ったんですよ。ええと、解りやすくいうなら彼は宗教学に近いことを研究していて、私は考古学系の分野を調査していたわけです。つまり同じ町に行くと言っても、向かう場所はそれぞれ違うわけで。日中はお互いの目的地、図書館や遺跡に足を向けて、夕方になったら各々が宿に戻ってきて、同じ部屋で寝るだけなんです。であれば、問題なんか起きっこないだろうと思っていました。

一日目は、何事もなく過ぎました。

まあ移動がほとんどでしたからね。朝に住んでいた町を出発し、私のオンボロ車に乗って目的の町へ昼過ぎに着き、早速それぞれ目的の場所へ行って調査。日が暮れるころになると宿に戻って風呂に浸かり、夕飯のコンビニ弁当を食うなりそのままバタンキューです。あ、酒は飲みました。でも貧乏旅行ですから、旅館のビールなんて高くて手がでません。

安物の缶チューハイをこっそり持ちこんで飲みましたが、一本空ける前に寝てしまいました。慣れない長距離移動もあって、疲れていたんでしょうねえ。

旅館ですか。ええ、金のない学生ですから素泊まりです。まあ旅館とは名ばかり、実際は民宿に毛が生えた程度のところでしたよ。廊下の絨毯《じゅうたん》なんかバサバサだし、トイレは共同で各階にひとつずつあるだけだし。泊まった部屋も電灯が古い所為かやけに暗くてね。天井が低いもんだから、立ちあがると電灯の笠にぶつかりそうになるんですよ。

そうそう、Bはトイレが近いらしくて、飲んでいてもしょっちゅう用足しに行くんです。さっき話したとおり、トイレは廊下にあるもんでね。いちいち部屋から出なきゃいけない。なので彼は三十分おきに立ちあがるんですが、そのたび電灯にぶつかり笠が揺れるんです。すると、独りきりになった部屋のあかりが、ぐわん、ぐわんて揺れるんです。大きな影が部屋の中を音もなく走りまわってるみたいで不気味だったのを、いま話しているうちに思いだしました。私ね、そういうの本当に苦手で。怖がりだったんです。

ええと、どこまで話しましたっけ。そうそう、それで初日はなにも問題なかったんです。ところが、二日目がね。ちょっと。

翌日も我々は別行動でした。私は遺跡の発掘記録を図書館で調べて、彼は郷土史研究家のところへ隠れキリシタンの資料を見せてもらいに行ったはずです。夕方、宿で合流したBが、なんとなく興奮していたのが印象的でした。

その夜は、前日ぐっすり眠ったこともあって、わりと遅くまで起きていました。翌日には帰らなければいけない名残惜しさも若干はあったかもしれません。私とBは缶チューハイを最終的にはふたりで六本ほど空けて、日が変わるまでお喋りに興じました。学生生活のこと、同級生のこと、故郷のこと……内容はさまざまでした。いろいろと話していくなかで、彼はカトリック系の高校を出ており、その学校で洗礼を受けている事実も知りました。宗教学に興味を持っているのはそんな背景があったのかと妙に納得したものです。

さて、いよいよ瞼《まぶた》が重くなって、いい加減寝ようかと思ったあたりでした。

私は目をこすりながら、風を通すために開け放っていた窓を閉めようと立ちあがりました。その瞬間、毎度のごとく電灯の笠に頭を思いきりぶつけてしまったんです。

痛みに額を押さえながら、振り子のように揺れる笠の動きを止めようと手を伸ばした私は、そのままの姿勢で固まってしまいました。

影が多いんです。

旋回する電灯の笠が、私とBの影を壁や天井に細長く映していたんですが……そのなかに、どう考えてもふたりのものではないシルエットがあるんですよ。

私は立ちあがって電灯へ手を伸ばした体勢、かたやBは布団に下半身だけを突っこんで、寝転んだまま肘で頭を支えている。いわゆる涅槃《ねはん》のポーズってヤツですね。あの姿勢で横になっていたんです。ところが、壁に映った影は、明らかに正座をしている。

色の濃さとか輪郭などは、我々の影となんら変わりありませんでした。けれども、なんと言うんでしょうね……おかしいんですよ。はじめは極端な猫背なのかな、背中を思いっきり丸めているのかなと思ったんですけれどね。唖然としつつ数秒ほど眺めて、すぐにそうではないと悟りました。

頭、ないんですよ。

影の肩から上の部分が、ばっさりと欠けているんです。首なしなんです。

酔いも一気に醒めて叫びましたよ。さっきもお話したとおり、私は大の怖がりでしたからね。これは、きっとこの旅館にいわくのある幽霊かなにかに違いない。

とんでもないものを目撃してしまった。腰を抜かして畳にへたりこみながら、私は視線をBに向けたんです。急いで逃げろと促すつもりでした。

ところがね。

泣いているんです。

Ｂは布団から抜け出て、壁に映った首なしの影をじっと見つめながら、涙を流しているんです。てっきり恐ろしさのあまり泣きだしたのかと思ったんですが、それにしてはどうにも様子がおかしい。影に向かってゆっくり近づいているようにすら見える。

もしかして、Ｂは霊に取り憑かれてしまったのか。その方面の知識にはあまり明るくない私ですらそんな想像を巡らせてしまうほど、彼の行動は不可解に映ったんです。

違いました。

怯える私に背を向けて、影を見つめながらＢは言ったんですよ。

「かみさま」

彼がその台詞を口にしたあたりで、ようやく電灯の揺れがおさまりはじめました。呆然とする私の前で、部屋をぐるんぐるん照らしていたあかりは次第に落ち着き、一分ほど経ってすっかり静かになりました。もとどおりの明るさに戻った部屋には、もうあの首なしの影はありませんでした。

助かった。

そう思いながら抜けたままの腰を引きずって、私はＢのもとへ近寄ったんです。

やはり彼は泣いていました。頬《ほお》をぐしゃぐしゃに濡らして、壁をぼんやりと見ていました。私が肩を揺するとようやく我にかえったようで、長いため息をほおっと漏らしてから、Bは静かに呟いたんです。

「神だ。あれは、自分が調べていた隠れキリシタンの殉教者に違いない。今日、郷土史家に見せてもらった資料には、棄教《ききょう》を拒んだために斬首《ざんしゅ》の刑を受けた者がいると書かれていた。さっき壁に浮かんだのはその殉教者に違いない。あれは神の起こした奇跡の御業《みわざ》だよ」

「……怖くないのか」

呆気にとられて思わず訊ねると、Bはきょとんとしながら「なぜ主のご加護を受けた者の姿が怖いんだ」と訊き返してきました。

「だって幽霊だぞ、成仏していない人間の霊なんだぞ」

私の言葉にすこし考えこんでから、ちょっぴり憤《いきどお》ったような口ぶりで彼は言いました。

「成仏というのは君たちの感覚だろ。なんでもかんでも自分らの価値観で解釈するなよ」

ハッとしましたね。

確かに、我々は昔から仏教に慣れ親しんだ所為で、すぐに成仏とか供養とか考えてしまう。でも、他の宗教を信じている人からすれば、幽霊も死後の世界もまるで違う意味なんだと、そのとき改めて気がついたんです。

それ以来です。幽霊が出ると噂のトンネルを通っても、テレビで心霊番組をやっていても、私は怖がるよりも先に「Bならば、これをどう解釈するのだろう」と、考えるようになってしまったんですよ。おかげで妻からは「せっかく怖い思いをしたくて心霊番組を見てるのに、白けちゃうじゃない」なんてしょっちゅう怒られますよ。

Bですか。彼とは調査旅行のあと、以前と同じように疎遠になってしまったので、卒業後なにをしているのかは解りません。まあ彼のことですから、信仰に関係した職業に携わっているような気はしますけど。いやあ、それにしても本当におもしろい体験でしたよ。

あ、そういえばこの前、その町へたまたま会社の出張で出かけたんですけどね。

旅館、まだありましたよ。ええ。

大鏡

【Jさん／寒河江市在住・五十代女性】


あの、本当につまらない話だと思うんですけれど、それでも構わないんでしょうか。ああ、そうなんですか。じゃあ、僭越《せんえつ》ながら披露させていただきたいと思います。

三ヶ月ほど前に姑が亡くなりましてね。それに関係するちょっと不思議な出来事ですの。世間では「嫁姑は仲が悪いもの」と相場が決まっているみたいですが、我が家は諍《いさか》いとは無縁の、仲睦《なかむつ》まじい関係でした。同居していなかったことも幸いしたんでしょうけど、それ以上に、お姑さんがとても良くできた方で……私にいろいろ不満もあったはずなんですが、「あんたは良い嫁だ、あんたは良い嫁だ」って言うばかりで。

たとえば、私が夫と子供のセーターを編んでいるときなんてね、「なんでもかんでも買って済ます人が多いのに、手作りでこんな難しいものをこさえようとするあんたは凄い」って。私は単にお友達が手編みを勧めてくれたので、ちょっとやってみただけだったんですけど、それでも悪い気はしませんでした。そしたら、葬儀からしばらく経って夫が「母さんは昔、知り合いの大奥様に請われてお針子をやっていたんだよ」って教えてくれたんです。そんな裁縫のプロみたいな人に褒められて有頂天になっていたとは、って顔から火が出そうでした。そのくらい、気を使う優しい方だったということなんですけども。

ですから、亡くなったときは本当に悲しくてね。

形見分けもいろいろと持っていくように勧められたんですが、思い出の品が溢れていると目に入るたびに悲しくなっちゃうでしょ。なので、留袖だの簪《かんざし》だのはお義姉《ねえ》さんたちに譲って……たったひとつ、大きな姿見の鏡だけいただいたんですの。いえいえ、そこそこ古いものですけど別に値打ちの品ではないんです。両端に細い柱があって、そこにネジで縦長の鏡が留められている、ごく普通の姿見です。

その姿見はお姑さんが和服を着るときに使っていたものでして。お歳を召して、ひとりで着るのが難しくなってからは私もお手伝いしていたので馴染みがあったんです。それに、お姑さんが生前に「アタシになんかあったら、この大鏡はあんたにあげるからね」と言ってくれていたので、約束を果たす意味もありました。夫からは「いちばん金にならないものを貰って」と呆れられましたが、私は満足だったんですけれども。

実は、その姿見が最近……まわるんです。

触ってもいないのに回転するんです。

鉄棒の体操選手みたいに、ぐるうん、ぐるうん、と。

はじめは「ネジが緩んでいるのかしら」と思って、夫に締め直してもらったんですけども、半日も経たないうちにまた、ぐるうん、ぐるうん、って。

いえね、私も「動かないように壁ぎわにでも置けば良いじゃないか」とは思ったんです。でも……なんだかそれでは駄目な気がするんですよ。大鏡の奇妙な動きは、お姑さんからのなにかしらの訴えで、それを無視してはいけない……そんな予感がするんですよ。

もっとも、仮にそうだとしても、お姑さんがなにを訴えているのかはまるで解らないんですけれどね。

ごめんなさい、本当につまらない話で。

えっ、掲載ですか。はあ、はあ……本になるんですか……ええと、ごめんなさい。それはちょっと遠慮させていただけますか。いえ、名前をイニシャルにするとか場所を伏せるとか、そういうことではなくて……お姑さんの名誉の問題、とでも言うんでしょうか。お姑さんがなにを訴えているか明瞭りしないと、これって単なる「怖い話」になってしまいますでしょ。それは私、なんか嫌なんですの。ですから、もしも今後新しい展開があって、自分のなかで「載せてもらっても大丈夫だ」と思ったときには、もう一度お話しに伺いますから。

え、いつもこちらの本屋さんにいるんじゃないんですか。本物の店長じゃないんですか。

あら……それは困ったわねえ、どうしましょう。

ババぬき

【Hさん／山形市在住・二十代男性】

あの、これ前に友達に話したら大爆笑された話なんスよ。だからずっと誰にも言わないでいたんスけど、あの、笑わないですよね。

オレ、高校んとき友達の家に泊まり行ったんスよ。最初はソイツの母ちゃんが夜勤だから、麻雀でもしようって話で。

したら、シフトが変わったとかで、その日は家にいたんスよね。

親が寝てるのに牌をジャラジャラさせたんでは、さすがにアレだって中止になっちゃって。でも、いまさら家に帰るのも面倒だし、かといって野郎ばっかり四人でやるコトもなくて。んで、誰かが「ポーカーなら音もしねえから大丈夫だべ」って提案したんスよ。

ところが四人のうちでポーカーの遊び方を知ってるのがオレとその提案したヤツだけで、あとのふたりは知らないんス。ブラックジャックとか大富豪も解らないって言うもんだから、「じゃあなんだったらできるんだ」って訊いたら「ババぬきなら大丈夫」つうんスよ。

高校生でババぬきかよって思いましたけど、でもやらないよりはマシだって、しかたなくババぬきをはじめたんスよ。いやいや、金なんか賭けてないっス……賭けてないってコトにしといてください。へへへ。

で、ババぬきしたんですけどね。オレ、連チャンで負けたんスよ。

十二連敗。

最初の五、六回くらいはもう逆ギレ状態だったんスけどね。八回負けたあたりでなんか怖くなってきて。だって有り得ないでしょ。いくらなんでも。

「貧乏神でも背負ってんじゃねえの、オレ」とか冗談言っても、まわりも笑えなくなって。で、まあその日は十二回目で眠くなって、ババぬき止めてみんなでザコ寝したんス。

したら次の日の朝、家に帰ってみたら、オヤジが玄関の前で待ってて「お前、こんなときどこに行ってたッ」って、もう怒り狂ってるんスよ。

喪服で。

前の晩にウチのバアちゃん死んじゃってたんス。

「ああ、だからババぬき負けたんだな」ってオレものすごく納得しちゃって。いやだから、笑う話じゃないんですって。マジでビビったんですから。なんで理解してもらえないかな。

ああもう、やっぱ言わなきゃ良かったなあ。

おわかれのうた

【Fさん／天童市在住・五十代女性】

あの……私自身の体験じゃなくて、父の話なんですけど。それでも良いでしょうか。

私の父は今年で七十八歳になるんですが、毎年春にタラノメを採りに近所の山へ行くのを、とても楽しみにしていたんですよ。タラノメって知ってますか。山菜です。天ぷらにすると美味しいんですよ。

もともとは自分で食べるために採っていたんですけど、数年前から近所の産直市場で買いとってくれるようになって。それが本人はとても嬉しかったらしいんです。

ただ、もうけっこうな歳なので、遭難でもされたら大変じゃないですか。お年寄りが山へキノコ採りに出かけて下りられなくなった、なんて記事もしょっちゅう見ますものね。だから、私や妹は「そろそろタラノメ採りは止めたら」って言っていたんです。けれども、本人は「山奥深くに入るわけじゃないんだから」と、まるで聞く耳を持たなかったたんですよ。

それが一昨年、ぱたっと行かなくなっちゃって。

本人はなにも理由を言わないもんだから「さすがに身体が動かなくなってきたのかもね」なんて妹とこっそり話していたんです。そしたら今年のお正月、親戚が実家へ集まったとき、たまたまその話になって。父がお屠蘇《とそ》をけっこう飲んでいたので「お父さん、ほどほどにね。タラノメ採りも止めるくらいの歳なんだから」って冗談まじりで言ったら、「違う」って。「行かなくなった理由は年齢なんかじゃない」って言うんですよ。

一昨年の春だったそうです。

その日、父は例年どおりタラノメを探して山へ入っていました。

あ、ちょっと説明をしておきますと、タラノメというのは名前どおりタラノキという木の新芽なんですね。あまり育ってしまうと固くなってエグ味が出るし、芽を覆った棘が大きくなると素手で触れなくなっちゃうんですって。だから、父は芽が出た直後に山へ行くんです。

けれどもその年は連日気温が高かった所為で、いつも採っているタラノキはすっかり芽が育っていたらしくて。そこで父はより柔らかな若いタラノメを探して、山の奥へ足を進めたそうなんです。

すると……しばらく歩いているうち、父は妙な音に気がつきました。オルゴールのようなメロディーが、森のどこからともなく聞こえてくる。はじめは近くに人がいるのではないか、遭難者が携帯電話でも鳴らしているのではないかと思ったらしいんですが、あたりを見渡しても人の気配はしない。おかしいなあと訝《いぶか》しみながら耳を澄ましてみると、音はどうも自分の足下から響いているように思えてならない。父は、おそるおそるその場へ膝をつき、地べたに耳を近づけてみたそうです。

音は、やはり地面から流れていました。

なんとも不思議なことですけれども、それでもまだ父は、その時点では怖いとか恐ろしいとか、そういった気持ちはなかったのだと言っていました。もともと国鉄の職員で、とても理論的に考える人なので、原因を突き止めたい気持ちのほうが強かったのかもしれません。

父はしばらくの間、地面に耳をくっつけて音を聞き続けていたそうです。するとそのうち、音が大きくなったらしいんですね。

はっきりと聞き取れるようになって音の正体が判明した途端、父は急に恐ろしくなって、一目散に山を下りたんだそうです。

そして、それからは山に行く気がすっかり萎えてしまったのだ、と言っていました。

（「どうしてその音の正体を知った瞬間、父上は恐ろしくなってしまったのか」と訊ねる私に）

いや、私たちも同じ疑問を持ったんです。それで、父に「その音ってなんだったの」って質問したんですよ。ところがはじめのうちは要領を得なくてね。「よく外で聞く音楽だ」とか「お別れのあれだ」とか言って、さっぱり解らないんですよ。私の主人なんか「お義父さん、とうとう惚けちゃったんじゃないか」なんて、こっそり言ってくる始末で。

でも、気になった妹が根掘り葉掘り訊いたんですよ。「外ってなあに」「お別れってなんのお別れなの」って、しつこく。そしたら、しばらく考えてから父が言ったんです。

「ほら、商店街のお店が閉まるときに〝もうおしまいです〟ってかかる音楽、アレだよ」

それを聞いて、家族全員がアッと叫びました。

そう、「蛍の光」なんですよ。

ためしに口ずさんでみたら、父が「そうだそうだ、その曲だ」って頷いて。

変ですよね。

どうして山の中で「蛍の光」が流れるんですか。父以外に人のいない山の中で、いったい誰が、どうやって流したんですか。そして、もしも父が言うようにその曲が「蛍の光」なら、それはいったい「なにがおしまい」になる合図だったんですか。

いまも、なにひとつ解らないままなんです。

くるま

【Yさん／山形県内在住・三十代女性】


四年くらい前、公営団地に住んでいたころの話なんですけど。

朝、出社するために玄関で靴を履いていたんですよ、ウチ。そしたら、ドアに据えつけのポストが、きぃ、って開く音がして、ポストの隙間から「くるまです」って、女の子の声が聞こえたんです。四、五歳くらいかな、ちょっとたどたどしい感じの声でした。

ウチったらもう驚きのあまり、履きかけのヒールに指をかけたまま固まっちゃって。

でも、すぐに「あ、きっとこの団地に住む同級生を迎えに来た子かな、部屋を間違えてドアの外から声をかけたのかな」なんて考えたんです。

いや、夜だったらギョッとしますけど、朝の明るい時間でしょ。ビックリはしたものの、べつに怖いとは思わなかったんです、そのときは。それで女の子に「あなたのお友だちね、違うお部屋じゃないかな」って教えてあげようと、すぐに靴を履いて外に出たんです。

いないの、誰も。

ウチの部屋は三階の角にあるんですけど、上り下りできる階段は、ウチの部屋の反対側、廊下のいちばん奥にあるんです。だから、どう頑張っても小さな子がこんな短い時間で姿を消せるはずがないんですね。大人でも、よほど全速力で走らないと不可能な距離だし、第一そんなにバタバタ走ったら廊下中に音が響きますしね。

朝から厭な気分になっちゃったもんで「早く会社に行って気持ちを切り替えよう」と、階段を駆け下りたんですよ。廊下にそのまま立っているのも怖いじゃないですか。

ところが、駐車場に着いて、自分の軽自動車のドアを開けたら。

運転席のまんなかに、スズメがころんと死んでたんです。

死んでしばらく経ってたのかな、すこし干涸《ひから》びて、身体が縮んでいるように見えました。羽もワックスを塗ったみたいにパリパリしてましたね。

窓は閉まっているし、鍵もかけていたし。

なにか盗まれていたら嫌なので警察には届けましたけどね。鑑識っていうんでしたっけ、あの人たちがチークを塗る筆みたいなので、ドアの把手とかハンドルとかパタパタやってました。結局、私以外の指紋はなかったらしいですけど。

だから、あのスズメを誰が置いたのかも、ドアの向こうから聞こえた声の正体も、未だに謎のままなんです。

その後、転職したのを機に公営団地からは引っ越しましたが、車は今も乗り続けています。ほら（と、書店入口を指さす。自動ドアのガラス越しに見える駐車場に、水色の軽自動車がぽつんと停まっている）。

気づきました？

あの車ね、どんなに混んだ場所に行っても、駐車場に停めてしばらくすると、周囲に車がいなくなるんですよ。これって、あの声やスズメと関係あるんですかね。

海亀の家

【Kさん／所在地は本人の希望により非公表・三十代男性】

これって……怖い話なのかなあ。自分でも、あんまり判断つかないんですよね。ただ、ずうっと心に引っかかっていると言いますか、モヤモヤしたまま現在まで過ごしているもんですから、だったら専門家の方に話を聞いてもらおうと今日は来たんです。

あの、あまり期待せず「世の中には変わった家があるなあ」くらいの軽い気持ちで聞いてくださいね。

はい、僕自身の家に関する話なんですけれども。

最初に説明しておきますとね、我が家というのは僕と両親、あとはふたつ下の弟に祖父、それから祖母の六人暮らしだったんです。あ、祖父母が農家なもんで家は広かったんですよ。だから家族六人で住んでいても、どこかがらんとしているというか、妙に寒々しいというか、そんな雰囲気は小さい時から感じていました。

おや、と思ったのは……五歳くらいだったかなあ。祖父母がね、自分たちの部屋に赤ん坊くらいの大きさの海亀を飾っているんですよ。ええ、あの海にいる海亀。もちろん剥製《はくせん》です。旅館なんか行くと、壁に張りつけられているヤツあるじゃないですか。あんな感じの、全身がデラデラと茶色く光っている海亀でした。それをね、祖父母は部屋に飾っているんです。でも、まあそれだけなら特に問題ないでしょ。よく、鶴は千年亀は万年なんて言うし、長寿祈願なのかなとか思う程度じゃないですか。ところがね。

その海亀、毎日置き場所が変わるんです。

今日は部屋を入ってすぐの柱に吊られていたと思ったら、翌日には押し入れ脇にある壁へ飾られている。かと思うと、その次の日にはカーテンレールのフックにぶら下がっているといった具合で。毎朝、祖父母がお経みたいなよくわからない言葉を唱えながら場所を移しているんですよ。

子供心にも奇妙に思いましたね。だって、毎日移動させるおかげで、祖父母の部屋は壁や柱のいたるところに、釘だのフックだのがびっしり刺さっているんです。棘だらけの部屋でお経を唱えながら海亀を動かす老人たち……異様でしょ。

それで、五歳くらいのとき訊いてみたんです。「ねえねえ、なんで毎日亀を動かすの」って。でも、両親からも祖父母からも、納得のいく答えは返ってきませんでした。「大人になったら教えるから」とか「もっと大きくなったら解るから」とか、そんな返事じゃなかったかなあ。まあ、こっちもガキですからね、「そんなもんか」程度に考えてその場は終わったんです。

けど……大きくなってくると、そうもいかなくなってきましてね。

小さいころは「他の家でも亀を飾ってるのかな、毎日動かすのかな」なんて呑気に考えていたんですが、やがてそうではないと気がつくわけです。これはどうも我が家だけの習慣で、しかもかなり特殊なものらしい。小学校高学年の時には、すでにそんな認識はありました。

何度か機会をうかがいつつ祖父母には質問していましたが、返ってくるのはいつもおなじ、「もうすこし大きくなったらな」の答えばかり。毎度なあなあになって終わったんですけど、高校生の時にどうしても訊かなきゃ行けない状況になりまして。

祖父が亡くなったんです。

あ、死因自体は単に老衰ですよ。呪いとかそんなんじゃないです。で、葬式が終わって四十九日法要を済ませて、ふと気づいちゃった。これで祖母が死んだら、あの海亀の秘密は誰に聞いたら良いんだって。

態度から察するに、両親は海亀を動かす理由を本当に知らない様子でした。特にオフクロは「あたしが嫁にきたとき、あの海亀はもうあったよ」なんて言っていましたからね。とすれば、秘密を知っているのはもう祖母しかいないわけで。これは大変だと焦りました。で、ちょっと高圧的な態度で訊ねたわけです。

「ばあちゃん、いいかげんあの亀の秘密教えてくれても良いべ。俺もすっかり大人だぞ」

はじめのうち、祖母はいつものように「そのうちな」なんて逃げていたんですけど、僕の態度がいつもとは違うと気づいたらしく、意を決したような表情になりましてね。

「あれはな、子宝だ」って言うんです。

なんでも、海亀ってのは子宝成就のご利益があるんですって。たくさん卵を産むからだと思うんですが。で、その日ごとに縁起の良い方角へ向けると子宝に恵まれるんだそうです。だから祖父と祖母はわざわざ毎日位置を変えていたんだって、そう説明するんですよ。

変でしょ。

だって、若い夫婦がいるような家だったらともかく、オヤジもオフクロもいい歳ですよ。祖父母は当然そんな願いをするなんてありえない年齢だし、僕や弟だって子宝を考えるには早いんです。じゃあ、いったい誰のための子宝祈願なんだって思うじゃないですか。けれども祖母は「それ以外は別に意味なんてねえ」の一点張りでね、結局そのとき訊けたのは、そこまでだったんです。僕も、これ以上追求しても意味がないかなと思いましてね、そこからしばらくは興味を失っていました。

再びあの海亀のことを考えるようになったのは数年後、社会人になってからでした。ある年の夏、祖母が台所の段差につまづいて転び、股関節《こかんせつ》の骨を折ってしまったんです。自宅療養でも良かったらしいんですが、両親ともに働いていましたから日中の介護も難しい。じゃあ家族も祖母も安心できる環境を選ぼうという話になり、入院したんですよ。

困ったのは、「海亀の世話」でした。

両親が見舞いに行くたび、祖母は「今日はどっちの方角だ、明日はこっちに移し替えろ」と、ベッドの上から指示を出してくるんだそうです。本人が確認できるわけではないので、ウンウンと聞いて知らんぷりもできたとは思うんですけどね、オヤジは律儀な性格なもんで言われたとおりに毎日、海亀を移動させていたんです。

そしたらある日、動かしている最中に手が滑ったらしくて。「あっ」という声に続いて、積んでいた茶碗を崩したような、ガラガラガラって音が聞こえたんです。

「あっ、海亀をやっちゃったかな」なんて思いつつ「あれ」と首をひねりましたよ。だって剝製を落としたならドスンとかバリンとか、そんな音のはずでしょ。それがどうして金属か陶器のような音がするんだろうって。で、首を傾げながら祖母の部屋へ駆けつけると。

畳いっぱいに、お札や小銭がばらまかれているんですよ。

あまり見ない、古い紙幣や古銭でした。なんか女の人が描かれた五円札とかありましたね。その傍らに、バラバラに砕けた甲羅《こうら》や、ぽっきり折れた首が転がっていました。父に聞くと、予想どおりうっかり海亀を落としてしまったそうなんです。ところがその粉々になった亀のなかから、目の前のお札や小銭がでてきたっていうんですよ。

それで家族全員、合点が往《ゆ》きました。

たぶんこのお金は、祖父母がこっそり貯めていたものに違いない。しかし、あまり頻繁に海亀を触っていれば、家族にも怪しまれかねない。だから子宝なんてもっともらしい理由をつけて毎日亀をいじり、金を確認していたのだろう。そんな結論に達したんです。

で、最初は「推理小説みたいな展開だったね」「真相が判ったら呆気ないもんだな」なんて家族で言いあっていたんですが、そのうち「祖母にどうやって告げようか」と全員が悩みはじめたんですよ。ただでさえ気にしているところに「海亀が割れて金が出てきた」なんて言ったら、体調が悪化しかねませんからね。そこで、「退院してくるまで黙っていよう」って話になったんです。

一ヶ月ほど経って祖母は無事に全快し、家に戻ってきました。

久々の我が家に顔を綻《ほころ》ばせた頃合いを見計らって、オヤジがいよいよ切り出しました。

「ばあちゃん、すまん。実は海亀を壊してしまって……それで、亀のなかから」

そう言うと、オヤジは紙幣の束と小銭の山を祖母に見せたんです。

怒りだすか、泣きだすか。家族はみな息を呑んで祖母の様子を見守っていたんですが。

きょとんとしているんです。

「子宝祈願はとっさの嘘だけど、お金が入ってたなんて知らなかった」って言うんですよ。

あの海亀は、祖父がある日突然どこからか持ってきたんだそうです。

「これを拝み続けていれば、もう悪いことは起きないと言われた」祖母へそう説明すると、祖父はこの海亀を、毎日指定された方角へ向けるように告げたんだそうです。どういうことなのか解らないまま、祖父と一緒に海亀を何十年も動かし続けていたと言うんです。

「その海亀を渡した人物は誰なのか」とオヤジが問い質すと、祖母は「最後まで教えてくれなかったし、私もなんとなく聞けなかった」と答えました。まあ、祖父はいかにも昔の男といった亭主関白を絵に描いたような人物でしたから、祖母の言葉に嘘はないんだと思います。

ただ、疑問は残りますよね。

その人物はどうして祖父に海亀を渡したのか。「もう悪いことは起きない」と言うのなら、それ以前になにか「悪いこと」が起きていたのか。なんで海亀の中にお金が入っていたのか。そもそもこのお金はなんなのか。割れてしまったいまとなってはもう確かめられないけれど、あの大量のお金をどうやって亀のなかに入れたのか。

結局なにひとつ解決しなかったわけですが、いろいろあって、いまは「もう良いかな」と追求を諦めています。理由はふたつありまして。

ひとつには、これ以上祖母を詰問しても混乱させるだけだと思ったからです。高齢ですし、両親も訊こうとしないんで、僕が家族の調和を乱すのもなんだかなあと思って。

もうひとつの理由は、怖くなったからです。

海亀が壊れたあと、オヤジは古物商を営む知人に古銭をすべて売り払ったんです。祖母が「大事なのは海亀で、金なんかどうでも良い」と言ったからなんですけれど。オヤジとしてもなんとなく手許に置いておきたくなかったんでしょうね、ずいぶんと安い値段で引き取ってもらったと聞きました。

ところが……その古物商の人、捕まっちゃったんですよ。我が家から買った古銭を使って詐欺かなにかを働いたらしいんです。ウチにも警察が来て、お金の出所を訊ねられました。海亀の中から出てきたって言ったら、驚いてましたけど。

それで、どういう手続きがあってそうなったのかはあまりよく解らないんですがね、お金、我が家に戻されてきたんです。

それで、なんとなく手放せない雰囲気になっちゃって。ええ、ですから古銭と紙幣は家のどこかにあるはずです。いや、どこに置いているのか知らないんですよ。オヤジが管理しているはずなんですが……正直、もう関わりあいたくない気持ちのほうが強くて。

お話できるのはこんなところですかね。どうですか、この話。

僕にとってはこの出来事って、逃げられないなにかに捕まっているみたいで厭なんですが、他の方から見た場合どうなんでしょうね。いや、「なにかってなんだよ」と言われたら、僕もちゃんとは答えられないんですけど。それでも……なんだか怖いんですよ。え。海亀ですか。

あの後、祖母が物置にあった大きな壺へ、バラバラになった亀の身体を全部入れまして。いまは、その骨壺みたいなヤツを毎日ゴトゴト動かしていますよ。

ええ、まだあるんです。

海亀、まだ家にいるんです。

夜十時。

なんとか一日店長の大役を終えた私は、K氏ほか店員の皆さんにお礼を述べて、T書店をあとにした。と、自分の車を目ざして駐車場を歩いていた私は、マイカーの隣に一台の車が停まっているのに気がついた。

水色の軽自動車。

これは、先ほどお話をしてくださった女性の車ではないのか。あの、スズメが死んでいたという軽自動車ではないのか。確か、さっき目にした際にはまるで別な場所に停車していたはずだが。

あたりを見まわしてみたものの、持ち主である女性の姿はどこにもない。なにげなく運転席側の窓をのぞくと、埃が白く積もっているハンドルが見えた。

日常的に運転していて、これほど埃が積もるものだろうか。

頭に浮かぶ疑問を振りはらいながら自分の車へ乗りこむと、私は急いでエンジンをかけ、逃げるように駐車場をあとにした。

後日、K氏から「是非、また一日店長をやってくださいよ」とメールが届いた。

もう一度書店に立ったら、私は再びあの水色の軽自動車を目撃してしまうのではないか。

そんな疑念が祓えずに、私はいまだ返事をだしあぐねている。

追記

先述したとおり、一日店長からおよそ半年後、私はとある怪談イベントの席上でT書店へご来場いただいた方と再会を果たす。「大鏡」を語ってくださった、Jさんである。

以下は、彼女の話になる。

実は、本屋さんでこの前お話をさせていただいたあとに、ちょっといろいろありまして。あのあと、夫の実家のお寺さんから「最近、墓地にきましたか」って電話をもらったんです。

私、てっきり不信心を怒られているんだと思って「すいません、なかなか出向けませんで」と謝ったら、ご住職から「いやいや、違うんです」と逆にお詫びされて……それで。

「もしかして、お墓をいじりませんでしたか」って訊かれたんです。

たしかにお姑さんの四十九日には法要と納骨式をおこないましたけど、それ以降は墓参ができずじまいだったので、まるで意味が解らなくて。すると、ご住職が言うんです。

「どうも、おたくの墓石が動かされた形跡があるんです」

なんでも、掃除をしている際に墓石が微妙にずれていると気づいたそうなんです。それで、もしかして遺品でもこっそり入れたのではないかと思ったみたいですね。

「素人が重い墓石を動かすと危ないし、ずれていたのでは弾みで転倒しないともかぎらない。ひとこと申しあげなければと思ったんですが……ご遺族でないとすれば問題ですね」

住職はいかにも困った風な声をあげていましたが、こちらだって困惑しましたわよ。だって、何処かの誰かが勝手にお墓をいじったってことでしょ。もしもお姑さんの遺骨が盗まれでもしていたら、嫁としてご先祖さまに顔向けできないじゃないですか。なので私、「きちんと調べていただけますか」と申しあげたんですの。

再び電話がかかってきたのは、三日後でした。

「骨壺はありました。ただ……」

続く言葉を言い渋るご住職を受話器ごしに問い詰めると、やっとこさ口を開きまして。

「お義母さまの遺骨に混じって……別な骨がありまして」

獣。

獣、動物の頭の骨が骨壺に混ぜられていたって言うんです。犬なのか猫なのか、それとも別な動物のものなのかは、「私も、なにぶん専門家ではないので」とのお返事でした。

警察に届けるかと訊かれましたが、その場では返事ができませんでした。夫や親族に相談しなくてはと思いましたし……なによりもショックが大きくて、冷静な判断ができそうにもなかったんです。それで……電話を切って、すこし横になろうと大鏡のある部屋に行ったら。

ぐるん、ぐるん、ぐるぐるぐるぐるん、って。

鏡がものすごい勢いで回転しているんですよ。

その瞬間、「あっ、これねッ」って、思わず叫んじゃいました。

きっとお姑さんはお墓のことを訴えていたに違いない。動物の骨と一緒にされて、それをなんとかしてくれと言っていたに違いない。そう確信したんです。

そんなわけで、大鏡の回転する理由が判明したのを、今日はお伝えに参ったんですのよ。

え、結局どうなったか……ですか。

骨の件は、その後すべて解決しました。ええ、ええ。犯人が名乗りでてきたんですの。お義姉さんでした。

どうやら遺言状に基づく、私の夫との遺産分配が非常に納得できなかったみたいですね。けれども、お姑さんは行政書士の先生にきちんとした遺言状を作ってもらっていたから、覆《くつがえ》すのは難しかったようで、その腹いせになんとも非常識なふるまいをしたらしいんです。私から見れば、別にお義姉さんの相続分が格段にすくなかったわけではないと思うんですが、まあ、人間の欲というのは底がないものなんでしょうねえ。

え、どうしてお義姉さんが犯人だと解ったかって……本人が告白してきたんですよ。私が電話を受けてまもなく、お寺に「私がやりました」と憔悴《しょうすい》した顔で訪ねてきたんですって。

ご住職からの又聞きですが、お義姉さんの家でもなにか不可解な出来事が起こったみたいですね。本人がいっさい語ろうとしないどころか、それ以来まったく連絡をよこさないので、詳しいことは解らないままなんですけれども。

結局、「きつく叱ってはおいたが、あとは親族間の問題だから」と、ご住職におっしゃっていただいて、警察だなんだというような騒ぎにはいたりませんでした。けれども、お正月に親族で集まったとき、どんな顔をして会えば良いものか、いまから悩んでいるんです。

最近は「お姑さんならどうするかしら」なんて、ときどき大鏡の前で考えこんでしまいますの。本当に、どうしましょうねえ。

再・怪談売買録

【日時】二〇一五年十月十八日
【場所】東北芸術工科大学・食堂二階西側ブース

コンタクト

【日時／十月十八日・午前九時四十分】
【話者／関東在住の三十代女性、故郷の仙台へ帰省したついでに寄ってみたとの事】

幽霊なんかは出てこないんですが……自分のなかでは忘れることのできない、不思議な出来事がありまして。数年前の師走《しわす》に実家へ帰ったときの話です。

普段、私は年末の帰省に新幹線を使っているんですよ。免許も自家用車も持ってないし、長距離バスも苦手だったので、すこし割高になるけどしようがないよねって感じで。

そしたら、その年はたまたま同郷の友人が車で帰ることになりまして。「ひとりぼっちの運転も寂しいから、一緒に帰ろうよ」と誘われたんですね。帰省ラッシュの時期ですから渋滞で時間はかかるだろうけれど、とりたてて急ぐ理由もない。「女ふたりだもの、お喋りしていればあっという間だろうな」と思い、同乗させてもらうことにしたんです。

ところが当日……いざ出発しようと玄関のドアノブに手をかけたとたん、視界が歪んで。つけていたコンタクトレンズが、両目とも一緒に落ちちゃったんです。

私、ものすごい目が悪いもんで、コンタクトがないと全然歩けないんですよ。おまけにそのときは運悪く、替えのレンズを持っていなかったんです。仙台に着いてからドラッグストアで使い捨てのやつを買えば良いやと思っていて。このままじゃ友人の家までたどりつけないでしょ。それで、真っ青になって玄関の床を探しまわったんですけど……。どれだけ探しても、コンタクトが見つからないんです。

どのくらい探したんだっけ……一時間、いや、二時間近かったかもしれません。最初に「遅いよー」と電話をかけてきたときは「焦らずゆっくり探しな」と笑っていた友人も、三度目の連絡で「ごめん、これ以上遅れると渋滞ヤバくなるんだけど」と呆れ声で。

しかたないですよね。もう詫びるだけ詫びて、ひとりで仙台へ向かってもらいました。「なんでこんな目に遭うんだろう」って、情けないやら悔しいやらで泣けてきちゃって。で、玄関でメソメソしていたら電話が鳴ったんです。

実家の母でした。

「あんた、もう友達の車に乗っちゃったの」

その言葉を聞いたときは、一瞬ムッとしました。こっちが大変なのに、のんきなことを言ってと思ったんです。なもんで「いろいろあって乗らなかったのッ」と叫んだんですよ。

そしたら母が「ああ、良かった」って。

「さっき、お祖父《じい》ちゃんの容体が急変したの。新幹線で帰ってきて」

祖父は八十過ぎで、二年ほど前に手術をしてから一進一退の状態が続いていたんです。年齢も年齢なので、いつどうなってもおかしくないとは言われていたんですが……さらに驚いたのは、その直後でした。

コンタクトがあったんです。

さっきまで手探りでさんざん確認していたはずの玄関に、転がっていたんです。

慌てて洗浄器に入れてから装着して、駅まで向かい……自由席ですし詰めになりながら、仙台まで戻りました。おかげで私は祖父の最期に立ち会う事ができたんです。

あとになって、友人から「玉突き事故の影響で高速を下ろされちゃって、結局予定より倍近くの時間がかかったわ」と言われました。もしも、当初の計画どおり車で帰ってたら、祖父の死に目には会えなかったと思います。

あのとき、私のコンタクトを「落としてくれた」のはいったい誰だったのかな、って。

いまでもときおり、考えることがありますね。

命名

【日時／十月十八日・午前十時】

【話者／県内在住の三十代女性、広報誌で知って学祭にきてみたとの事】


怖いというよりも、不思議といったほうが正しいかな……この子が（といって、傍らに立つ、小学生とおぼしき女児の頭を撫でる）お腹にいたころの話なんですけどね。

妊娠五ヵ月目くらいのときに、「名前をどうしようか」って主人と相談していたんです。お互いにいくつか候補を挙げて、「この漢字は画数が良くないね」とか「この名前は親友と一緒だからちょっと」なんて悩んでいて。そしたら、この子がお腹を蹴るんですよ。

でも……その蹴り方がおかしいんです。普段だったらトンッ、と軽く叩く程度なのに、そのときは、ドッ、と思いきり蹴りあげるような感じで。最初は「あら、元気ね」なんて思っていたんですが……そのうち、特定の名前を口にしたときだけ激しく蹴っているのに気がついたんです。

「嘘でしょ」と驚いて、ためしに他の名前を口にしてみたら、うんともすんとも言わない。

で、もう一回その名前を言った瞬間、ドドドッ、って連続で蹴られて。

「これはもうこの名前しかない」と思って、主人をうまい事説得して――ウチの人はそういうのをいっさい信じない人だったので――この子の名前はそれに決めました。まわりからは「いまどき、なんでそんな地味な名前にしたの」なんて不思議がられましたけど。

あ、でも主人のお祖母ちゃんだけは、ひ孫の名前を聞いた途端「ああ、それでもう大丈夫だ」って頷きながら握手してきましたね。嫁入りの挨拶にうかがったときも、披露宴の席でも静かにニコニコしている人だったんで、ちょっとビックリしましたけど。そのあとすぐに亡くなってしまったので、あの台詞の意味を訊かなかったのは心残りですねえ。

まあ、元気に育っているところを見れば、この名前で正解だったんでしょうけど。

(言いながら、傍らで退屈そうにしている女児の頭を再び撫でる)

もっていけ

【日時／十月十八日・午前十時二十七分】
【話者／県内在住の五十代男性、息子を連れて遊びにきてみたとの事】

私の恩師にあたる男性からうかがった話なんですが、はい。

彼は子供のころ、ご両親と祖父の四人で暮らしていたんだそうです。本人は「両親が共働きだったから、自分は祖父に育てられたようなものだ」と、よく言っていました。非常に可愛がられたみたいで、いわばお祖父《じい》さん子だったわけですね。

ある晩、いつものように食事を終えて床に就こうとしていると、隣家の旦那さんが家を訪ねてきたんだそうです。日頃からおつきあいのある方で、日本酒を手に入れたときなどは、瓶を抱えながらやってきてお祖父さんと杯を酌み交わす、そんな間柄であったと聞きました。

旦那さんの姿を見て、まだ幼かった恩師は非常に喜んだそうです。彼が訪ねてきた夜は、きまってお祖父さんが夜更かしを許してくれたからです。どうやら、酒の肴に用意した珍味を恩師に食べさせ、その反応を見るのが楽しかったみたいですね。

ところが、その日はなにやら様子が違ったんだそうです。

いつもならニコニコと笑っている隣家の旦那さんは、玄関先でむっつりと立ち尽くしているばかりで挨拶もしない。見ればその肌はやけに赤黒く、両目は異様にギラギラと鈍く光っていて……あ、恩師は「油をひいたような眼球だった」と言っていましたっけ。

普段の明るさが微塵《みじん》も感じられないその表情に驚いていると、背後に立っていた祖父が「さっさと寝なさい」と声をかけ、無言で寝室へ促しました。

しぶしぶ寝床へ入ったものの、恩師は寝つけなかったようです。いったい隣の旦那さんになにがあったのか、祖父はなんで、今日にかぎって夜更かしをさせてくれなかったのか。気になった恩師はこっそり布団を抜けでると四つん這いで襖《ふすま》に近づき、お祖父さんと旦那さんが酒盛りをしているはずの隣室を、わずかな隙間から覗《のぞ》きました。

部屋のまんなかでは、あんのじょう酒瓶を囲んでお祖父さんと旦那さんが座っていたそうです。旦那さんはあいかわらずギラギラした目で、無言のままお祖父さんを睨《にら》んでいる。いっぽうのお祖父さんは、お酒の入った湯呑み茶碗を何度も口に運びながら、しきりに頷いていては、ぼそぼそ、ぼそぼそ、となにごとかを呟いている。

「そいつが悪いのだから、もう仕方ない」

「器だけ残っても、それは人ではないから」

「持っていけ、もう身のまま持っていけ」

言葉の意味はなにひとつ解りませんでしたが、なにかを諦めたような、なんとも悲しげなお祖父さんの口ぶりがあまりに印象的で、恩師はその言葉を、後年になっても一語一句、明瞭り憶えているのだと言っていました。

しかし、妙ですよね。旦那さんは無言で座っており、いっさい喋っていないわけです。では、お祖父さんはいったい「誰」と「なに」を会話しているのか。

ええ、私とおなじ疑問と不安を、幼い恩師も抱いたようです。奇妙な酒の席を覗くうち、目の前の光景にただならぬものを感じた恩師は、四つん這いのまま布団まで戻りました。そして、「あれは大人の話だから、自分は良く解らなかっただけなのだ」と己に言い聞かせながら、必死に眠ったのだそうです。

翌朝起きてみると、お祖父さんはいつもの柔和な表情に戻っていました。口調も、昨夜の暗い声が嘘のように朗らかです。

「ああ、あれはやはり、子供には理解できない《なにか》であったのだ。心配する事などなかったのだ」

と、安堵している恩師に、母親が——その日は仕事が休みであったようです——声をかけました。「知りあいから貰った胡瓜《きゅうり》漬けを、隣家に届けてくれ」と言うのです。幼い恩師は昨夜の光景を思いだしてひそかに緊張しましたが、かといってお使いは子供の役目でしたから、断れるはずもありません。しぶしぶ彼は笊に胡瓜漬けを二、三本入れて、隣家へと向かったのだそうです。

ところが何度戸を叩いても、室内からはなんの反応もありません。いつもなら、のっそりとした返事が聞こえ、まもなく旦那さんが顔をあらわすはずなのに、今日にかぎっては物音ひとつ返ってこないのです。ためしに戸へ指をかけてみれば、鍵はかかっていない。ならば居間の座卓に笊ごと置いてこようと、恩師は戸を開けて家のなかへ入ったのだそうです。ところが。

居間へ踏みこんだ瞬間、なにかに顔を叩かれて恩師は尻餅をついてしまいました。腰をさすりながら見あげてみれば、目の前にはサンダルが脱げかけた足の甲が、ぶら、ぶら、と揺れています。

ええ、旦那さんが首を吊っていたんです。

腰を抜かして我が家へ戻ると、そのあとは大騒動だったそうです。近所の人が集まって旦那さんを降ろし、警察を呼んで……結局、旦那さんは自殺だった模様です。自ら死を選んだ理由は、「大人たちがまったく教えてくれなかったので、解らない」との事でした。

ただ、恩師はこの話を教えてくれたあと、私にこう言っていました。

「自分は、あの夜にこっそり聞いたお祖父さんの台詞が、いまでも気になっているんだ。もしかして、あの時点で隣家の旦那さんは死んでいたのではないか。お祖父さんが言っていた〝器〟とか〝身〟というのは、旦那さんの身体の事を指していたのではないか。だから旦那さんは魂だけではなく身体まで、何者かに持っていかれたのではないか」

そんな恩師も数年前に他界しまして。もう真実を知るすべはありません。

でも、あの話をしてくれたときの、恩師の悲しいとも恐ろしいともつかない表情は、いまでも私の記憶に強く残っているんですよ。

旦那さん、なにに持っていかれたんですかねえ。

影

【日時／十月十八日・午前十一時〇三分】

【話者／山形市在住の二十代女性、本校に在籍している学生】


三年ほど前の話です。

わたしの家って二階建てなんですね。で、二階に私と弟の部屋があるんですけど、階段にちいさな踊り場があって、二階の廊下の電灯を点けると、踊り場の壁に影が映るんです。特に、ゆら、ゆら、ってゆっくり動くと、なんだかお化けみたいに見えるんです。だから、よくイタズラしていたんですよ、わたし。

弟が二階へのぼってくる気配がすると、そっと部屋を出て廊下に立つんです。で、弟が踊り場の手前まできた頃合いを見計らって、わあっと動くんですよ。

弟はビビりなんで、毎回怖がっていました。「姉ちゃんの仕業だと解っていても、怖いものは怖いんだよッ」と涙目で怒るんですよ。それがもう、本当に面白くて。

「お前、もう高校生なんだから、いいかげん慣れろよ」って笑っていたんですけど。

そしたらある日の晩、弟が血相を変えて「本当に止めてくれよッ」って私の部屋に怒鳴《どな》りこんできたんです。

「カツラまでかぶって人をビビらせて、なにが面白いんだよッ」

聞けば、踊り場に長い髪の女の影が、ぶわあっ、って広がっていたっていうんですよ。

わたし、そのとき部屋でテレビ見てたんですけどね。

当時はショートカットだし、カツラなんて持ってないし。

「ごめんごめん」って言いながら、わたしは「そういえば、何日か前に女の人を見たな」って思いだしていました。弟の部屋のドアがちょこっとだけ開いてて、その隙間から女の子の姿がちらっと見えたんですよ。

そのときは「お、カノジョかな」なんて思っていたんですけど、違ったみたいですね。

いえいえ、弟にはその事は話してませんよ。ビビりですから、そんな事を言ったら大騒ぎするに決まってるじゃないですか。

まだ、いるんですかねえ。

ふりかえると

【日時／十月十八日・午前十一時十九分】
【話者／福島市在住の十代男性、親御さんと兄の在籍する大学を見にきたとの事】

六年前……小学校二年生か三年生くらいのときの出来事です。

友達と、学校近くにあるイッパイモリで遊んでたんです。あ、イッパイモリというのはちいさい山なんです。一盃森と書くんですけれど、住宅街のなかにあるので、子供たちの遊び場になってたんです。

夕方の、五時半くらいだったかな。いいかげん日も暮れてきたので、僕は友達と別れて家に向かってました。山ぎわの道を帰ってたんですけど、そこって薄暗いんですよ。空はまだぼんやり明るいのに、山肌と樹々の所為で日光が射しこまないんです。そこだけ夜が早くきちゃったみたいな感じなんです。

で、気味が悪いもんだから、かえって急ぎ足になるじゃないですか。そしたら目の前の道に、黒いかたまりが転がってたんです。

タヌキなんですよ。タヌキの死体。

一盃森は山なんで、イタチとかタヌキとか、動物はたまに見かけるんですよね。でも、死体なんて初めて見たもんだから、ちょっとビビっちゃって。かといって、いまから別な道をとおるのもなんだか厭だったんですよね。遠いし、遅くなるし、叱られるし。

それで、覚悟を決めてタヌキの脇を早足で抜けたんです。ちらっと見たらタヌキの口が半開きになっていて、歯のあいだから舌が、にょろっ、て出てました。「うわ、気持ち悪い」って思いましたけど……子供って、気持ち悪いものに興味を持つじゃないですか。動物の死体とか、わりと好きじゃないですか。んで、何歩か進んでから、もう一度死体を見てみようと振りかえったんです。そしたら。

いないんですよ。タヌキ。

道、なにもないんです。

慌ててすぐまわりを探したのに、逃げた形跡も見あたらなくて。えっ、と思ったけど、いつまでも其処《そこ》にいるわけにもいかなくて、しょうがなく家に帰りました。

そしたら、夕ご飯のときにお父さんが「それは狸寝入りと言うんだよ」って教えてくれたんです。タヌキは死んだ振りをするから、それに騙されたんだって笑うんです。

でも、いくら死んだ振りをすると言っても、舌をベロベロ出したりはしませんよね。明るい時間なら見つかるかもと思ったので、翌日に友達を誘って、死体のあった周辺を探検したんですけど、やっぱりタヌキはいませんでした。

いまでも不思議だなあって、気になったまんまです。

立つ老人

【日時／十月十八日・午前十一時三十分】
【話者／県内H市在住の二十代女性、知人を訪ねて遊びにきたとの事】

家の斜め向かいに一軒の家がありまして。古い、ちょっと雰囲気の暗い家なんですが、そこにお爺さんが住んでいたんですね。

お爺さんはいつも表に立っていて、私や母を見かけるとニコニコしながら「良いお天気ですね」とか「すっかり寒くなってきましたね」なんて、話しかけてくるんです。ご近所づきあいと言うほどのものでもなくて、まあ、軽く挨拶を交わす間柄ですよね。

ところが、ある時期になって、半月くらいお爺さんの姿を見かけなくなったんですよ。「どうしたのかね」なんて家族でも話していたんですが、それほど仲が良かったわけでもないし、あまり詮索するのも失礼かなと思って、そのまま様子を見守っていたんです。

そしたら、ある日の朝。

私と母と姉の三人で、近所のショッピングモールへ買い物にでかけたんですね。それで、ガレージから車を出したら、お爺さんが表の道沿いに立っているんです。

お爺さん、なにかを待っているように道路の先をぼんやり見ているんです。

後部座席に座っていた母は、姿がちらっとしか見えなかったのか、「あら、お爺さんだ。元気そうじゃないの」なんて言っていたんですけど……運転している私と助手席の姉は、すぐさま異変に気づきました。

格好が、変なんです。

お爺さん、ラクダ色の下着しか身に着けていなかったんですよ。

いつもはセーターとかワイシャツとか、きちんとした身なりの方だったんです。そんな、寝間着みたいな格好で表に立っていた事なんて一度もなかったんですよ。

「もしかして……ボケちゃったんじゃないの」

「帰ったら、町内の民生委員さんに相談してみようか」

運転しながら、そんな会話を姉と交わしました。

で、私たち親子はモールで買い物して、あ、あと姉の携帯電話の機種を変更したりして、遅めのランチを食べてから家に帰ってきたんです。したら、母が「あッ」って叫びながら家の前を指さしたんですよ。

あの、白と黒の垂れ幕……あ、そうですそうです、鯨幕《くじらまく》ってヤツです。あれがね、お爺さんの家の壁いちめんに垂れ下がっていたんです。

お爺さん、前の週に亡くなっていたんですって。連絡がつかないのを不審に思った親戚の人が訪ねてきたらね、寝床で冷たくなっていたんですって。

もう、家族全員ゾッとしちゃって。

だって私も姉も母も、お爺さんを何時間か前に見ているんですから。しかも……寝床で亡くなっていたって言うじゃないですか。

じゃあ、あの格好……本当に寝間着だったんだと思っちゃって。

テレビの心霊番組とか見ても「そんなの怖くないじゃん」なんて思っていたんですけど、我が身に起こると、もうホント、怖いもんですよ。

死ぬのは良いぞ

【日時／十月十八日・午前十一時四十五分】
【話者／千葉県在住の五十代男性、息子が大学に在籍しているので見学しにきたとの事】

もう何十年前になるかなあ……ウチの祖父《じぃ》さんが入院したときの話でね。

そのころ、まだ若くて時間もあった私は祖父さんの病院へちょくちょく見舞いに行っていたんですよ。で、差し入れの果物を剥いてやったり、話し相手をしたりするんですが、まあ共通の話題なんて家族の事しかないもんで、あんまり間が持たなかったんですよ。

そんなわけで、私は会話に困ると「祖父の入れ歯」を洗いに行っていました。洗面所が病室から遠かったので、祖父自身が行くのは大変だろうなと思ったわけです。祖父は毎回「良いよ良いよ、孫にそんな真似させられないよ」なんて言っていましたけど、こっちとしてはそれくらいしか孝行できませんからね。いつの間にか「入れ歯磨き」は私の役目になっていました。

丁寧に磨いた入れ歯を手に病室へ戻ると、祖父はきまって「ありがとな」と言ってから

「自分の歯でメシが食えないってのは、なんとも情けねえなあ」と嘆いていました。若い時分は大食漢でならした人だったと祖母から聞いていましたから……やっぱり入れ歯では思うように食事ができず、不満だったんでしょうね。

治療の甲斐もなく、祖父はそのまま入院先で亡くなりました。

まあ、年齢を考えると大往生のようなものですからね、家族としてはようやく肩の荷が降りたと言いますか苦しまず送ってやれたと言いますか、なんだか安堵していたわけです。私もぐったりしちゃってね。葬式が終わった夜は、自分の布団で眠りこけていたんですよ。

そこにね、来たんです。

祖父さんが。

夢にしてはずいぶん明瞭《はっき》りしていましてね。あ、いや、祖父さんがではなくて、部屋の風景が鮮明だったんですよね。夢ってどこかしら曖昧《あいまい》じゃないですか。でも、そのときはカレンダーとか時計とか、部屋に置いてある小物がすべて揃っているんですよ。だから、たぶん夢じゃない気がするんですよね。

あ、そうそう。それで祖父が私の枕元から、こんなふうに（と、前屈みに身体を曲げる）祖父さんが私を覗きこんでいましてね。言うんですよ。

「死ぬのは良いぞお」って。

こっちとしては死んだ祖父さんが出てきた事よりも、その言葉にビックリしちゃって。

「いったいなにを言いだしたんだ」と思ったわけです。

そしたら祖父さん、にかあっ、と笑ったんですよ。

開いた口のなかには、真っ白な太い歯が生えていました。

「死ぬのは良いぞお。歯が生えてくる」

再び嬉しそうに笑ってから、祖父さんは消えました。

まあ、その一度きりです。

それからですかね。私、あんまり死ぬのが怖くなくなっちゃったんですよね。だって、どんな病気をしても、どれだけ耄碌《もうろく》しても、死ねば元気になるわけでしょ。歯が生えてきちゃうくらいなんですから、たいていの病気は治っちゃうって事じゃないですか。

それを教えてくれたんだとすれば、ウチの祖父さんはホント、大した人ですよ。

痕跡

【日時／十月十八日・午後十二時二十五分】

昼になり、空腹をおぼえた私は、学生が開いている模擬店へと昼食を買い求めに走った。《お祭り価格》としか喩《たと》えようのない、微妙な値段の餃子スープとフランクフルトを手に戻ってみれば、机の上に赤いボールペンが転がっている。

ボールペンはプラスチック製の透明な芯の部分が折れており、そこから漏れたインクがメモ帳に滲《にじ》んでいた。ふと、自分が持参した文房具のなかに赤いボールペンなどなかった事を思いだす。念のため周囲の出展者に確かめてみたが、不在のあいだに私のもとを訪れた者はいないとの話だった。

滲んだインクはなにかの文字のように見えたが、確かめる事なく、私はそのページを捨てた。理由はない。そうしたほうが良いような気がしたからだ。

織物幽霊

【日時／十月十八日・午後一時四十五分】

【話者／県内在住の五十代男性、近所なので家族と遊びにきたとの事】


私、若いときに米沢《よねざわ》市にある山形大学工学部に在籍していたんですよ。

（筆者注・山形大学は工学部のみが山形市ではなく米沢市にキャンパスを置いている）

当時は、いまと違って下宿に住むのが普通でしてね。私も例に漏れず下宿暮らしだったんですが、そこはかつて紡績の工場だったそうなんですよ。ほら、米沢市は昔から織物で有名でしょ。下宿はそんな紡績工場のひとつを改装したものだったようです。そこに私は四年間暮らしていたわけです。

あれは……卒論と格闘していたんだから、四年生のときだったはずです。

真夜中でね。いいかげんくたびれちゃって、仮眠を取るつもりで横になっていたんです。

そしたら、身体がグググッと重くなって、その直後に動かなくなったんですよ。

ええ、アレが金縛りってヤツなんでしょうね。

驚きましたけど、なにせ疲れていたもので抵抗する気もなくてね。私は動けないまま、じっとしていたんです。するとね、私の足のあたりに人影がチラチラ見えたんですよ。でも……変でしょ。もしも誰かが足もとに立っているのなら、私を見おろしていないと位置関係がおかしいじゃないですか。で、思わず視線を足もとへ送っちゃったんですよね。

ええ。人影ね、立っていませんでした。

這いつくばっていました。

なんて言うのかな……コンタクトレンズを落としたときみたいな感じでね、畳の上を、ざりざりざりざり、さまよっているんですよ。部屋が暗かったもので顔とか着ている服はよく解りませんでしたが、蜘蛛《くも》みたいな格好で動いている様子はしっかり見えましたよ。

思わず私ね、「誰だ」って声を絞りだしたんです。

影はまるで反応しませんでした。あいかわらず、ざりざりざりと畳を擦《す》りながら、部屋じゅうを動きまわっていました。

そのうち、視界がすうっと暗くなって。寝たのか意識が途切れたのかは解りませんが、気がついたときには朝になっていました。

それでも最初は「妙な夢を見たなあ、卒論の疲れかなあ」なんて考えていたんですがね。

ある日、親からの電話を取り次いでもらったときに――あ、当時は、電話は管理人さんの部屋に一台だけ置かれていたんです。で、電話の相手が管理人さんに住人の名前を告げると、わざわざ部屋まで来て教えてくれる仕組みだったんですよ。それが普通でしたね――ええと、それで私は親との電話を終えてから、管理人さんと立ち話をしていたんですよ。そしたらね、どんな話題がきっかけだったか忘れましたが……管理人さんが「ここも、昔は大きな工場だったんだけど……火が出ちゃったからね」なんて言うんですよ。

詳しく聞いたら、下宿がまだ工場だったころ、火災に遭っているんだそうです。

ずいぶん大きな火事だったようで、機械を置いていた工場部分はもちろん、女工さんたちの寝泊まりしていた宿舎も火と煙に巻かれて、何名かの方は亡くなったらしいんですよ。

それで、ピンときたんです。

あの人影……火事で死んだ女工さんじゃなかったのかな、って。

あれはなにかを探していたんじゃなくて、煙に巻かれないように体勢を低くしながら、逃げていたんじゃないのかな、って。

いまはもう、その下宿もとうに無くなってしまいましたけどね。あの夜の、ざりざり、という音は、いまでもときどき思いだしちゃいますねぇ。

むかで

【日時／十月十八日・午後二時〇二分】
【話者／三十代女性、家族を連れて大学祭のライブを見にきたとの事】

私、早くに夫を亡くしておりまして。
心中だったんです。ええ、ほかの女性と。
亡くなる一、二年ほど前から外泊が多くなりましてね、私には「仕事だ」と言っていて
……もちろん、それは本当ではなかったんですけれど。すっかりと信じていたんですから、
馬鹿ですよね。
そのころ、独り寝が寂しかった私は夫の布団で毎晩眠っていました。もしも遅くにでも
帰ってきたら、寝床で迎え入れるつもりだったんです。
夏だった……と思います。
いつものように戻ってこない夫を布団のなかで待っていたら、ふいに足の指のあたりで
なにかに触れられたんです。えっ、と驚いているうち、感触が足の甲から臑《すね》、太腿のあた

りまで、ずるずるずるずるっ、と這いあがってきたんです。

咄嗟《とっさ》に「百足《むかで》だッ」と思いました。古い家でしたからね、虫は珍しくなかったんです。

それで私は、反射的に足を這いあがるかたまりを掴んで、壁に投げつけたんです。

たしかに、ばちん、となにかが壁に当たる音がしました。

まさかそのままにしておくわけにもいきませんから、電気を点けましてね。投げつけた百足を表に捨てようとしたんです。

いないんですよ。なにも。

部屋には布団以外なにもありませんから、隠れるとも思えない。第一、かなりの勢いでぶつけたわけですから、壁に痕跡が残っているはずなんです。なのに、百足はおろか、ぶつかった跡さえないんです。

ただ。

長い髪の毛が。

一本だけ。壁ぎわの畳の上に。

私の髪とはあきらかに違う、すこし茶色がかった髪でした。

どちらにしてもおかしいでしょ。もし百足だとしたらまだ部屋のどこかにいるわけだし、髪の毛だとしたらなおの事気持ち悪いし。それで私、なんだか眠れなくなっちゃって、そのまま朝まで布団のうえに座りながら、夫の帰りを待っていたんです。

夜明けになって、ようやく夫は帰宅しました。

「あのね、百足が」

私が昨夜の出来事を話すと、夫がぽつりと言いました。

「むかでじゃ、ないと思うよ」

心中したのは、それから間もなくの事でした。

私、お相手の女性の事は、現在でもほとんど知らないんです。連絡をくださった警察の方から、お名前や素性はお聞きしましたが、「遺体は見たくない」と頑《かたく》なに拒んだので、顔や……どんな髪型をしていたのかは、まるで知らないままなんです。

厭じゃないですか。

あの日、部屋に落ちていたものと、髪の色がそっくりだったら。

もしも私の話を聞いて、夫がなにかを悟ったのだとしたら。

だから、あの日の真相は知らないままなんです。

カラスアゲハ

【日時／十月十八日・午後二時二十五分】
【話者／県内在住の女性、同僚の子供が作品を展示しているので見にきたとの事】

怖いというか……自分たちは普通に受け止めているけど、他の人から見れば不思議かもしれないな、ってお話ならありますよ。

私、県内のすこし大きめの病院で看護師として働いてるんですけどね。

私の所属している病棟、わりと重篤《じゅうとく》な患者さんが多いんです。なので、望まぬお別れをすることも珍しくないんですが。そういう方が亡くなる日って、絶対に病棟をアゲハ蝶が飛ぶんですよ。カラスアゲハとかいう真っ黒なやつです。

窓ガラスのすぐ近くをひらひら飛んでるときもありますし、廊下の天井付近を弱々しくさまよっている場合もありますね。ええ、雪の降るような真冬でも目にします。

で、その黒いアゲハ蝶が目撃されると、かならずその日か遅くても翌日に、患者さんが亡くなるんです。ウチの看護師は、ほとんど全員が見てるんじゃないかなあ。いえ、別に

「アゲハが出た！」なんて騒ぐ人間はいませんよ。せいぜいが無言でお互いに目配せする程度で、「ああ、そろそろ誰か逝《い》くんだな」って、なにが起きても良いように心構えをするだけです。それが看護師の務めですから。

ただ……その影響で、病院の外でも蝶を見ると身構えちゃいますね。これも職業病ってことになるんですかねえ。

けむり

【日時／十月十八日・午後二時五十一分】

【話者／五十代女性、在住や素性は明かしてほしくないとの事なので伏せる】


子供のとき、近所の神社で「目隠し鬼」をしていたんです。

「目隠し鬼」ってご存知ですか。いわゆる鬼ごっこなんですけれど、鬼の役になった子は目を瞑《つむ》ったまま、ほかの子を探すんです。それで、鬼以外の子は手を叩きながら逃げるんですよ。捕まえたら鬼の勝ち、もしも捕まる事なく鬼の背中にタッチできたら鬼の負け。シンプルな遊びですけれど、なかなか難しいんですよ。

その日、私は延々と鬼の役を務めていました。私以外は男の子ばかりだったので、全員すばしこくってね。なかなか捕まえられず、ちょっと苛々《いらいら》していたのを憶えています。それで、腹を立てながら手の鳴るほうへ指を伸ばしていたら、すぐ傍らで、ぱんっ、て音が聞こえたんですよ。

咄嗟に腕を伸ばして、目の前の誰かを掴みました。

やった、と思いながら目を開けると。

私の兄や近所の男の子たちが、その場に座りこんでいるんです。

腰を抜かしているんです。

で、いったいどうしたのかと思いながら、掴んだ相手を見てみたらね。

煙のかたまりなんですよ。

ぼわあっ、とした白い煙が私の指をするするっと抜けて、境内の向こうに消えたんです。

すっかり驚いちゃって、「なんなの、あのケムリ」って叫んだんです。そしたら、尻餅をついたままの兄が、無言で手を振りましてね。

ようやく口を開いたと思ったら、「違うよ、違うよ」って。

「あれ、人の顔だった」って言うんです。

もう、ビックリするやらおっかないやらで、その日はまだ日も暮れていないのに、そのまま家に逃げ帰りました。

それから……ですかねえ。

私、ときどき《視える》ようになっちゃったんですよ。

ええ。きまって煙の形をしていますね。白かったり黒かったり青かったり……前に火事場で目撃したのは、赤と黒が混ざったような色をしていました。

いつも驚いたときには消えちゃっているんですが、もうすこし冷静で集中力があれば、兄みたいに、煙のなかに浮かぶ人の顔が判別できるのかもしれませんけどね。

幸か不幸か、そういったものはいままで一度も目にしていませんけど。

瘤とＵＦＯ

【日時／十月十八日・午後三時十五分】

【話者／山形県Ｓ町在住の三十代女性、別件ついでに立ち寄ってみたとの事】


私ね……二〇〇九年にＵＦＯと遭遇しているんですよ、自宅で。

そもそもウチの町ってけっこうＵＦＯの目撃談が多いんです。近くにある山がきれいな三角で「古代ピラミッドだ」なんて騒がれてて、それが関係してるなんて人もいますけど。

あの日はたしか……晩酌していて、いい具合にほろ酔いになったころに、一服しようとリビングからベランダに出たんですよね、酔うとタバコが吸いたくなっちゃうんですけど、ウチの家族って私以外は嫌煙家なもんで、ベランダが喫煙所なんです。

で、煙をプカプカ吐きながら庭をぼんやり見ていたわけですけどね、目の前の芝生が、鈍く光ったんですよ。ぼおっ、と。

月明かりかな。でも、今日の天気って曇りだっけ……なんて思いつつ空を見あげたら。

巨大なＵＦＯが家の真上を通過していたんですよ。しかも、二機。

ホント、映画に出てくるみたいな形あのまんまです。機体そのものが発光していたので、細かい部分は眩しくて見えなかったんですけど。フィンフィンフィン……って不快な音を立てながら、ゆっくり動いていました。

私、それまで「腰を抜かす」ってどんな感じなのか解らなかったんですが、その瞬間に理解しました。もうガクガク、ベランダの手すりに捕まってようやく立ってる状態で。で、十秒くらいでUFOは飛んでいっちゃったんですけど。ええと、仙台《せんだい》の方角かな。

しばらくその場で呆然としていたんですが、ハッと我にかえって「家族にも教えなきゃ。二階のベランダなら、まだ見えるかも」と思ったんです。それで、慌てて室内に入るなり、母親が私を見て「きゃあッ」って叫んだんですよ。

顔面、血まみれだったんです。

いや私ね、こめかみのところに親指の先くらいの瘤《こぶ》があったんです。熱が出たりすると膿《うみ》が溜まって腫れるような……要は腫瘍《しゅよう》の一種だったんでしょうけど。それが、ぱちんと弾けちゃってたんです。いやもうホント、破けたとか裂けたじゃなくて弾けたって感じ。絵筆を振ったみたいに、鮮血が散って顔が真っ赤だったんですから。

でも、破裂した感触も痛かった記憶もないんですよね。

だから、あれはUFOの仕業だったんだろうなと信じています。
もう一回見たいんですけど、それ以来遭遇していないんですよねえ。悔しいなあ。

ほくろ

【日時／十月十八日・午後三時三十五分】
【話者／市内在住の五十代男性、息子さんと連れ立って遊びにきたとの事】

ウチの親父、左足の甲に十円玉ほどの大きさをしたホクロがあるんですけどね。聞いたら、「これは曾々祖父《ひいひいじい》さんの所為なんだ」なんて言うんですよ。

なんでも、曾々祖父さんは幼い長男を病気で亡くしているんだそうです。どんな病気かは聞きそびれたそうですが、昔の事なんで治療もままならなかったんだと思います。

ただ、我が子を失って悲しいのはいまも昔も一緒ですからね。曾々祖父さんもたいそう嘆いて、「もしも生まれ変わってきたときは、また我が家の子になっておくれ」って、棺に入れた我が子の左足に、墨で目印をつけたんだそうです。

ええ、そうなんです。親父の左足の甲にあるホクロと、曾々祖父さんがつけた墨の目印、場所がぴったりと一致するらしいんですよ。

「曾孫になって戻ってきた」って家族にはずいぶん喜ばれたらしいですが、まあ、本人は複雑な心境だったみたいです。「前世の記憶もなにもないんだもの、喜びようがないよなあ」って、何度となく困っていましたよ。

いまでも、話題になります。

紙片

【日時／十月十八日・午後三時五十分】


人が途切れたのを見計らい、メモ帳の走り書きを清書しようと最初のページを確認していた私は、メモ帳冒頭の破られた跡に気がついた。

大学を訪れる直前、近所のコンビニエンスストアで買い求めた新品である。

破った記憶はない。

ふと、ちぎり残された紙片に、なにかを書き殴ったとおぼしき痕跡を見つける。文字は赤い筆で書かれており、かろうじて《火》という文字だけが判別できた。

意味を考えぬように努めて、再び机に座る。

ちからあるひと

【日時／十月十八日・午後四時十五分】
【話者／五十代女性、所在や来校の動悸などは一切不明】

あなた、私の力解るでしょ……あら、解らないの。駄目ね。

私、若いとき×××の（聞き取れず）試験受けたじゃない。倍率が十六倍の難関だったから受かるはずないと思っていたのよ。そしたら試験の直前にね、頭のなかで《インド》って声が聞こえたの。「これはもうインドについて調べるしかない」って地形や歴史を勉強したら、ヤマが当たって三十点も取ったのよ。地震だって解るんだから。大きな地震の前にね、頭のなかで声がするの。

ちかくへんどう。ちかくへんどう。ちかくへんどう。ちかくへんどう。ちかくへんどう。（歌うように「ちかくへんどう」を十回ほど連呼）

こんな声なの。そうそう、お仏壇が夢に出てきた事もあるわ。絶対に当たるんだから。あなた本気で私の力が解らないの。本当は解ってるんでしょ。

（つまり予知能力という事ですか、と訊ねた私を無視して）

ほら、私の実家ってお武家さまの屋敷だったでしょ。それが関係しているの。小さいころは屋敷の縁の下にもぐって古銭なんかを見つけていたのよ。そしたらある日、縁の下にある石垣の影から、女がこっちを見て笑ってるの。きれいな髪をした女の人でね、母屋を壊して離れの別宅だけになったら、今度はその二階で見かけるようになったわ。いまでも座っているのを見るわよ。

（その女性は幽霊という事ですか、というこちらの問いには答えず）

霊感のある人もね、私はすぐに解っちゃうの。目がね、くるくるくるくるって回転しているのよ。クルクルトンボ、クルクルトンボ、あはははははは。ねえ、毒消しにいちばん効く炭がなんだか知ってるでしょ。知らないの。どうして知らないのッ。常識でしょう。ヤシの殻を炭にしたものがいちばん強いのよ。あのね、私はね、友達がね、自殺しちゃった土地にね、ヤシの殻の炭を二百万円ぶん撒いたんだよ。磁場を良くするの。人が死ぬと地場が狂うの。災害も磁場がおかしくなるから起きるのよ。

いま地球のいろんな場所で災害が起きてるでしょ。あれはフランスやアメリカの核実験で地軸がめちゃくちゃに歪んでいるから、それを直すために地球が災害を起こしているの。

日本政府は隠しているけど、再来年に日本は食糧危機で一千万人が餓死するのよ。だから私は籾殻《もみがら》つきの米と調味料を沢山《たくさん》保存してるんだからね。白米はすぐに駄目になるからね、籾じゃないと駄目なの。調味料はシンプルな塩胡椒で良いから。ドレッシングなんてッ。あのドレッシングなんてッ（机を爪の先でかつかつと何度も叩く）。

右脳は左脳の百万倍だから、寝る五分前がゴールデンタイムなのよ。私はハワイに行きたかったから、寝る前にフラダンスの場面を想像していたの。そしたらハワイに人のお金で行けたのよ。フランスもアメリカも、他人のお金で行ったの。いまはね、三億円が手に入る予定なの。どうしてか解るでしょ……だから、なんで解らないのッ。枕におもちゃの一億円札を三枚貼っているからに決まっているでしょ。ああ、でも日本政府は私の力を隠そうとしているから、あなたも解らないのよ。解らないような気がしているだけなの。

じゃあ、三億円が手に入ったらあなたにも一千万円あげるからね。あははははは。

（指を鳴らしながら去っていく）

風景

【日時／十月十八日・午後四時十八分】

（「力」を公言する女性が去ってから数秒後、その前に「けむり」の話をうかがった女性が私の机にやってくる）

あ、すいません。何度もお邪魔しちゃって。あの、いまこちらにいらした中年の女性の方、どなたですか……ああ、お客さんですか。お知り合いとかではないんですか。

じゃあ、言っても良いのかな。

あの、いまの女の人の背中から真っ黒な煙が、ぶわあっ、ってあがっていたんです。

私、帰ろうと思って、なにげなく遠くからここを見たら煙が見えたもので、「あら、火事かしら」と思わず立ち寄ってみたんです。そしたら、女の人がなにかを一所懸命に話している最中だったので、もう驚いちゃって。

あの人、何者ですか……ああ、なるほど。《力》のある方ですか。

先ほどご説明しましたとおり、私は《視える》だけなので、それがなんなのかはうまく説明できませんけれど……あの女性が見たり感じたりしているものって、私たちが見ている《この世界の景色》ではないような気がします。

なんて言うのかな……たぶん、よく言うところの《地獄》を、彼女はずっと目にしているんじゃないですかね。いえ、理由とか訊かれてもうまく説明できませんけど。そんな気がするんです。

ああいうのは煙と一緒ですから、あまり吸わないほうが良いと思いますよ。

（挨拶もそこそこに女性、私のもとを去る。見ると、先ほどまで使っていた黒いボールペンが割れ、インクがノートに滲んでいる）

怪談マルシェ

【日時】二〇一六年六月二十五・二十六日
【場所】東北芸術工科大学・一階講義室

マルシェとは、フランス語で「市場」を指す言葉なのだという。近年は日本でも、このマルシェの名を冠した催しが全国各地で開かれるようになった。農家の生産者や海産物の加工者が広場などに出店し、来客と身近に接しながら野菜や魚介類を販売するのである。

そんな「マルシェ」を模したイベントが、我が母校の東北芸術工科大学でも開催された。その名も安直に「芸工マルシェ」。本校の卒業生、すなわち「作り手」が作品を直に売る、いわば「芸術の市場」である。そして、卒業生である私にも出店の依頼が届いたの、だが。

そう。察しの良い読者はもうお気づきであろう。

販売する作品のない私は、学祭同様に数多の人々が行き交う機会をねらって「怪談売買所」を設置することにしたのである。嬉しい事に、「学祭ほど来場者は多くないのでは」というささか失礼な私の予想を裏切り、当日は母校に溢れんばかりの人々が詰めかけた。

結果、私はこれまでの最高記録である八十九人の来場者から不思議な体験談を聞き集める事ができたのであった。今回興味深く感じたのは、まったく面識のない話者が続けざまに似たような話を提供してくれる瞬間があったことだろうか。はなからシンクロニシティを信じているわけではないが、「怪が怪を呼ぶ」様子を目撃できたのはまことに僥倖《ぎょうこう》だった。

以下は、そんな怪しき二日間の記録（の抜粋）である。人数の多さゆえやむなく掲載を見送った話が多数ある旨を、あらかじめ読者ならびに提供者にお詫びしておきたい。

怪を売り、怪を買う。世にも奇妙な「市場」の妙を、読者諸兄にもお楽しみいただけたならば、幸いである。

朝の教室

【日時／六月二十五日・午前十時十分】

【話者／山形市在住の十代女性、本学学生で先輩の作品を見にきたとの事】


あんま怖くない、微妙な話でも良いですか……高校生のときの話なんですけど。

冬期講習ってあるじゃないですか。あれに参加してたんですけど、初日に風邪をひいて休んだ所為で、他の子よりも勉強がちょっと遅れてたんです。そんで、追いつかなきゃと思って朝早くに学校行ったんですよ、一時間くらい。同級生に会うとお喋りしちゃうんで、その前に集中したかったんです。

そんで、独りぼっちの教室でノート書いてたんですけど、突然、ブウォォン、って音がして。見たら、教室の前のほうに置いてある電動の黒板消しが唸《うな》ってるんです。

有り得ないし、と思って。

私の席はクラスのわりと後ろで、黒板消しのスイッチをさわれる場所じゃないんです。

でも私、霊感とかないしあんまり信じる派じゃないんで、「機械の故障でしょ」とか最初は思って。ま、そうは思ったものの、やっぱり微妙に怖いじゃないですか。で、黒板消しをそのままにして、友達が朝練やってるから校庭に行こうとしたんですよ。

そしたら、教室をでた瞬間に黒板消しが停まって。

無理無理無理無理、もう一回教室に入る勇気なんてなかったです。だって、もし入ってまた黒板消しが作動したら、偶然じゃ済まなくなるでしょ。

その後は解りません。それ以来、朝早くに学校行くの止めたんで。

まあ、まわりに話してもリアクション薄いんですけど……私は真剣に怖かった体験です、はい。

枝毛譚

【日時／六月二十五日・午前十時三十五分】
【話者／山形市在住の十代女性、「朝の教室」の話者に誘われて来訪したとの事】

（先述の「朝の教室」を話者が語り終えた直後）あ、そういう微妙な話だったら、自分もありますけど……そんなんで大丈夫ですか。

自分、小学五年のときまで髪がめっちゃ長かったんですよ。腰まで伸ばしてたんです。で、そのころの癖が「枝毛とり」で。髪って、ある長さまで伸びると枝毛が一気に多くなるんですよ。だからヒマさえあれば髪の毛を目の前まで持ってきて、先端を観察しては枝毛を、ぶちっ、ぶちっ、って毟《むし》るのが習慣になってたんですね。それこそ、授業中でも給食の途中でも気になりだしたらもう「枝毛とり」しないと気が済まなくて。たぶん……ちょいイジメられてたんで、そのストレスもあったんだと思うんですけど。ある日男子が「キモい」とか言いだして。そんな感じのイジメです。

で、毟った枝毛をずっと握り締めてるわけにもいかないじゃないですか。で、こっそり机の奥に隠したり、あとはトイレに行くときや体育の授業で移動するときに、廊下の窓の桟へ置いたりしてたんです。

そしたら……しばらく経って、変な事件が起きるようになったんですよ。髪の束が、校舎のいろんなところで発見されたんです。

掃除ロッカーの上とか、校庭にあるタイヤの遊具——ほら、半分土に埋まってて、跳び箱みたいに跳ねて遊ぶやつ、アレです——の裏側、溝のところにごっそり詰められてたり。そうだそうだ、あとヤバかったのは図書館で、頭皮が残ってる髪が見つかったんですよ。それがきっかけで全校集会したんだったかな。あ、その前の週に注意されたんだっけ……とにかく、学校のいたるところで髪の束が見つかるようになったんですよ。

で、なんか最初は「お前が犯人じゃないか」って噂になって。でも頭皮もあるし、髪を切った形跡もないしって言うんで、すぐ噂はおさまったんです。けど、なんかそのへんで髪を伸ばすのも枝毛にとらわれるのも嫌になっちゃって、母親に「髪を短く切って」ってお願いしたんですよ。もう超ベリショで、ホントに猿みたいな感じ。あだ名がしばらくは「モン子」でしたもん。

でもね。

自分がショートにした直後から、学校に髪が置かれる事件、ピタッとなくなったんです。だから、もしかしてアレは本当に自分の髪だったのかもなあって。

え、伸ばしていた理由ですか。ウチのお祖母ちゃんなんです。

私が生まれたとき、お祖母ちゃんが「髪は伸ばしたあげたほうが良い。いざというとき、持ってってくれっから」と頑なに主張して、なんとなくその教えを守ってたんだ……って両親からは聞きました。いや、お祖母ちゃんは自分が小学生のときに死んじゃったんで、詳しくは知らないんですけど。

まあ、ベリショにしたとき「持ってってくれたんなら、もう良いよね」って、なんだか吹っ切れて……いまじゃホラ、こんなです。

（と、話者、ワックスで逆立てた短髪をいじりながら笑う）

ホッケさま

【日時／六月二十五日・午前十一時二十分】

【話者／山形県北部M町在住の三十代女性、ラジオでマルシェ開催を知り来訪との事】


ホッケさま、っているんですよ。私の町に。

なんて説明すれば良いのかな。青森《あおもり》にイタコっているでしょう、あんな感じの女の人で。あ、そうそう口寄せ巫女《みこ》さん、それですそれです。占いや予知みたいなことをしてくれるお婆さんで、ウチの祖母は定期的にホッケさまのところへ行っていたらしいんですね。で、まだ私がちいさいころにも何度となく訪問していたらしいんですけど、そうしたらある日「お前《め》ェはずいぶん孫が多いにゃ」って突然言われたそうで。

ギョッとしたって。祖母には、私も含めて孫が六人いるんですよ。そんなことは一度も言ったためしがなかったから、本当に驚いたみたいです。そしたら、ホッケさまが「将来、そのなかで大怪我をするのがいる、けど、絶対死にはしねぇがら心配しなくて良い」って。

で、祖母は不安になりながらも、ホッケさまの言葉を家族にも黙って――祖母によれば、ホッケさまの言ったことは「それが終わる」まで喋ってはいけないんですって――日々をやり過ごしたそうです。

そのときのことを告白できるようになったのは、それから数年後でした。

ええ、予言どおり孫のひとりが死にかけたんです。

私なんですけど。

小学校三年のとき、遊んでいる最中に路上へうっかり飛びだして車に撥《は》ねられたんです。病院へ搬送する救急車のなかで心肺が停止したらしいので、比喩でもなんでもなく本当に死にかけたわけです。まあ、ご覧のとおり無事に一命を取り留めたんですけどもね。

それで私、撥ねられた直後からの記憶がほとんどないんです。気がついたときは病院のベッドに寝てて、泣き顔の両親が私を見下ろしてるところまで意識が飛んでいるんですよ。ただ……ぼんやりと憶えている風景がありまして。

救急車には母と祖母が一緒に乗ってくれたんですけど、母がオタオタして泣いてるのに、祖母はニコニコ笑ってるんですよ。「大丈夫だから、大丈夫だから」って。

朦朧《もうろう》としながら「お祖母ちゃん、なんでこんなに呑気なのかな」と思ってたんですが、あとになって「ああ、そういう事ね」と納得しました。

あ、ホッケさまは代替わりして、現在は二代目の方がお務めしてらっしゃるそうですよ。二代目の方も八十代半ばと聞いていますから、行くなら早めのほうが良いと思いますけど。もしもお会いしたければ住所教えますけど、どうします？

小石川の火の玉

【日時／六月二十五日・午前十一時五十分】

【話者／都内在住の八十代男性、本学名誉教授。ＯＢ会の招待で来訪したとの事】


不思議な体験と言えば……いっぺんだけ妙なものを見たねえ。

あれは……戦後からそれほど経っていない時分、私がまだ立教の学生のころだったな。

当時の東京は、まだ戦争の爪痕が非道《ひど》くてね。大学は十七号館と呼ばれる建物を除いて無事だったんだが、寮や下宿は軒並み空襲で焼失してしまって。そのため、私は上板橋《かみいたばし》にあてがわれた臨時の寮に暮らしていたんだよ。まあ大変なところだったね。近所の人間が残った屋根瓦を次々に持っていってしまうんだ。おかげでザアッと降った日には、雨漏りどころじゃない。室内にいるのに雨晒《あまざら》しなんだから。まあ、いまとなってはそれもこれも良い思い出だ。この歳になると、どんな苦い記憶も綺麗に思えてくるもんだよ。

私の部屋は六畳間だったが、いつしかそこに知人がふたり同居するようになっていた。ひとりはおなじ立教の学生、もうひとりは絵描きの卵だったたな。絵描きと言ってもどこか山師じみた風態で、妙に胡散《うさん》くさい男だった。当時はそんなのがゴロゴロしていたんだよ。ところがある日、この絵描きがにわか苦しみだしてね。なにか拾って食べでもしたかと思ったんだが、そうしているうちにも、額に脂汗《あぶらあせ》が滲んで顔が真っ白になっていくんだ。これはいけないと、近所からリヤカーを借りるや絵描きを荷台に転がして、もうひとりの同居人の案内で護国寺《ごこくじ》前にある小石川《こいしかわ》病院までひとっ走りしたんだよ。けっこうな距離があったが、まともな病院はそこしか見当がつかなかった。そういう時代だったんだ。

病院に着いたのは夕暮れだったかなあ。

診察の結果、絵描きは虫垂炎《ちゅうすいえん》だった。さっそくオペかと思ったら、今日はこれから緊急手術が一件あるから、絵描きのオペは明日だと言うんだよ。我々は看護婦から「着替えや荷物を持って、明日またきてください」と締めだされてしまってね。

それで、病院を出ると入口に止めたリヤカーを引きながら、来た道を戻っていって。

ふと……振りかえったんだよ。

なに、予感があったとか胸騒ぎがしたとか、そんなんじゃあない。なにげなく、本当に気まぐれで病院を見たのさ。するとね。

子供ほどもある火の玉が飛んでいるんだよ。青と白が混ざったような色をしていたな。

傑作なのは、ふたりとも一瞬「あっ、焼夷弾《しょういだん》かッ」と身構えてしまってね。いや、なんだかんだ言っても、まだ恐怖が染みついていたんだろう。

火の玉は驚く我々になど構いもせず、そのまま病院の隣にある教会の屋根のあたりを、くるっ、くるっ、と旋回してから、ちょうど雑司ヶ谷の墓地がある方角へ飛んでいった。時間にして、およそ三、四十秒ほどだったかなあ。幻じゃあないさ。なんたって私以外にもうひとりの学生も目にしていたんだからね。

それで、翌日だよ。

荷物を持って再び病院に行くと、オペは終わっていた。聞けば昨夜のうちに済ませたと言うんだな。

「だって、緊急の手術があると言っていたじゃあないか」

そう訊ねるとね、絵描きのやつ「患者なら、手術を前に亡くなったよ」と言うんだな。

「手術直前にいきなり苦しみだして、おっ死んじまったんだよ。いや、耳を塞ぎたくなる悲鳴だった。なにせ隣室の患者でね、壁一枚向こうだから明瞭り聞こえるんだ」

もしやと時刻を聞いてみたら、まさしく我々が火の玉を目撃した、あの時間だった。

「ああ、じゃあその人のお墓は雑司ヶ谷にあるのかなあ」なんて、さして怖いとも思わず語りあったのを憶えているよ。人があっけなく死ぬ時代だったもの、そういう妙なこともあるだろうな、なんて思った程度の事だった。

　面白いものだねえ。あの出来事を思いだすと、火の玉より当時の東京の風景が真っ先に浮かんでくるんだよ。そう考えると、妙な体験というのも悪くはないもんだねえ。

異人館

【日時／六月二十五日・午後十二時十五分】
【話者／山形市在住の五十代女性、本学某教授の夫人。夫とともに遊びにきたとの事】

あたしの父、切り絵作家だったのね。滝平二郎って言うんだけど。「モチモチの木」って絵本、読んだ事ないかしら。そう、あれは父の作品なの。

やっぱり、ちょっと変わった人だったかもね。性格もそうだけど、私がちいさいころに住んでいたところも父が選んだ家で、すこし変わってたもの。

異人館って呼ばれててね。豊島区の雑司ケ谷《ぞうしがや》にあったのよ。もとは明治時代に宣教師の人が建てたらしいんだけど、関東大震災でも焼け残ったって代物で、それを戦後になって父が買ったの。木造の三階建てで天井が高かったから大きな彫刻なんかを置くのに都合が良いってのが購入の理由だったみたいだけど。

でも、明治時代そのまんまでしょ、住む側としては大変だったよ。洗濯場は共同だし、お風呂なんか石造りでさ。外観だって、いまなら却《かえ》ってモダンに映るかもしれないけど、当時は近所で「お化け屋敷」なんて言われてたんだから。

で、実際に変なものも出るしね。

我が家の三階って、外から見るとアーチ場の扉がついてて優雅な雰囲気だったんだけど、実際は「開かずの間」だったの。子供だから入れてもらえなかったのか、それとも本当になにか理由があって入れなかったのかは知らないけど、あたしは一度も部屋のなかを見た事がないのよ。面白いでしょ、我が家なのに入れないって。

それでね。弟がある日、表の路地で遊んでいて、ぷいっと我が家を見上げたんだって。そしたら三階の窓から、「お姫さまみたいな女の人」が笑ってたって言うのよ。

そのときは弟もまだちいさかったから、具体的にどこがどう「お姫さま」だったのかは明瞭りしなかったんだけど、ともかく我が家にそんな人はいないの。

あと、夕方に帰ってくるなり「三階のあたりを人魂が飛んでた」って教えてくれた事もあったなあ。ほら、雑司ヶ谷って霊園があるから、そういう話はちょこちょこと聞いてはいたんだけど、まさか自分の家で目にするとは思わなくて驚いちゃった。

結局しばらく経って引っ越す事になって、区に「買ってくれないか」と打診したのね。いまはたしか移設されて、もともとの土地は区の公園になってるはずだよ。そう、場所は違うけど、建物は見学できるはずよ。
もしかしたら不思議なものが見られるかもしれないから、行ってみたら？

観覧車にて

【日時／六月二十五日・午後十二時四十五分】

【話者／仙台市在住の四十代男性、そば屋めぐりの帰りに偶然訪れたとの事】


僕が前に勤めていた職場での話なんだけどね。

ある週明けの朝、同僚が出社するなり「すごい目に遭った」って言うんだよ。どうしたのかって訊ねたらさ、「オバケを見た」って言うんだな。

あのさ、仙台に[redacted]って遊園地あるでしょ。そうそう、山の上にあるあそこ。同僚ね、日曜日にそこ行ったんだって。いや、デートじゃないよ、独りで。あの遊園地に観覧車あるじゃない。そのてっぺんから、仙台市街の俯瞰《ふかん》を写真に撮ろうとしたらしいんだよ。そいつ、カメラ好きだったからね。

ほんで、いざ乗りこんで、頂上が近くなったところで「ピントを合わせておこう」ってカメラのファインダーを覗いたらね。女が飛び降りる瞬間が見えたんだって。

山形で認知されているかは知らないけどさ、あの遊園地のそばに[redacted]橋という名前の橋が架かってるのね。で、そこって自殺の名所なんだよ。あ、知ってる。有名。あっそう。なら話は早いね。女の人、その橋からポーンと身を投げちゃったらしいのよ。で、同僚もビックリして「下りたら知らせなきゃ」って思いながらファインダーから目を離したら。

前の座席にその女の人がニタニタとこっちを見ながら座ってたんだって。

絶叫した直後に消えちゃったって言ってたけど。「それから下に到着するまでの時間が、異様に長く感じた」って同僚は震えてたよ。そりゃそうだよねえ、観覧車はスピード上げられないもんねえ。

真面目な同僚があんな事を話したのは、後にも先にもそのときだけでね。だからすごく印象に残ってるよ、うん。

検索

【日時／六月二十五日・午後一時十分】

【話者／県内某所在住の三十代男性、告知を見てなんとなく冷やかしにきたとの事】


以前、小樽《おたる》に住んでいたときの話です。

当時つきあっていた彼女のアパートで、夕食後にテレビを見ていたんですよ。心霊系の番組で、札幌《さっぽろ》かどこかの心霊スポットが紹介されていたんです。やっぱおなじ道内だからテンション上がるじゃないスか。んで、「そういう場所って小樽にないのかね」って彼女が言うもんで、じゃあ調べてみるかってパソコン起動させて、ネットで検索したんですよ。《小樽　心霊スポット》みたいな単語を打ちこんで。で、エンターキーを押したと同時に、パソコンの電源が落ちたんです。

彼女もう、ガチ泣きしちゃって。「あんたが変な事を調べようとするのが悪いんだ」って逆ギレされて。おかげでしばらくパソコンに触らせてもらえませんでした。

ええ、俺もなんだかそれ以来、その手のものはなるべく検索しないようにしています。

腿が痛い

【日時／六月二十五日・午後一時四十分】
【話者／山形市在住の二十代女性、めあての陶芸家の作品を買いにきたとの事】

去年ね、親戚のお婆さんが亡くなったんですよ。

親戚と言っても私はもちろん両親も会った事のない女性で、祖父でさえ「一度だけ顔を合わせたことがある」って程度の、遠縁も遠縁の方だったんですけど。身寄りがまったくなくって、しかたがなくウチでお葬式をあげることになったんですよ。

本当に簡素な葬儀だったんですが、ひとまずお経だけはあげてもらって、すぐ火葬場に移動したんです。それで、焼きあがるまでのあいだ、両親と私は火葬場の待合室でお茶を飲んでいまして。

「どんな人生だったんだろうね、あの人」

「最後も福祉の人が見つけたみたいだよ、なんだか寂しいね」

そんな話をしていたんですけど……人となりを知らないものだから、会話も弾まなくて。

お葬式のそれとも微妙に違う、なんだか妙にしんみりとした空気になっていたんです。

そうしたら、父親がしきりに足のあたりを気にしはじめまして。

「腿《もも》が痛い」って言うんです。

「虫にでも刺されたの」なんて笑っていたら、母親が「あたしも痛い」って言いだして。

「えっ」と思った直後、今度は私の腿に激痛が走ったんです。虫刺されとはまるで異なる、焼けた釘でも刺されているみたいな痛みで。家族三人が畳の上で「痛い痛い痛い」って、のたうちまわっていたんです。変な光景ですよね。

それで、痛みは一分くらいでおさまったんですよ。いったいなんだったんだろう、って全員が呆然としてたら、火葬場の人が「焼きあがりましたよ」って知らせにきてくれて。私も親も激痛の余韻がまだあったけど、「腿が痛かったんでちょっと待ってください」とは言えないでしょ。で、「なんだか気持ち悪いから骨上げを済ませて早く帰ろう」って、窯の前に向かったんですよ。そしたら、運ばれてきた骨を見た瞬間に全員卒倒しそうになって。

お婆さんの骨、腿の部分に金属のボルトが嵌《はま》っていたんです。

たぶん、骨折したときの治療の名残だと思うんですけど。それを見て父親が「そうかあ、コレが焼けたんじゃ熱いよなあ」って手を合わせて……それ以降は幸い、腿は一度も痛くなっていません。

あ、そうそう。そのお婆さんのお墓、山のかなり辺鄙《へんぴ》なところにあるんですが、父親は独りで毎年命日に墓参りしていますよ。寡黙な人なんで詳しくは教えてくれませんけど、なにか思うところがあるんでしょうね。

ムクドリ

【日時／六月二十五日・午後二時四十五分】
【話者／山形市在住の六十代女性、ラジオで知ってマルシェを見学にきたとの事】

三年ほど前、ウチの母親が亡くなったとき、実家でお葬式をしたんですよね。大広間の襖を全部とっぱらって、祭壇を置いて、そこに参列者が座る感じ。いわゆる、田舎のお葬式のスタイルです。

そしたら、お焼香の最中にムクドリが小窓から入ってきたんですよ。

普通、迷いこんできた鳥って出口を探して忙しなくバタバタ飛ぶじゃないですか。なんだったらガラスだの壁だのにぶつかって。ところが、そのムクドリは違ったんです。

みんなが見あげているなか、天井のまんなかで綺麗に円を三回描いたと思ったら、そのまま入ってきたのとおなじ小窓から、すうっと飛んでいっちゃったんですよ。

火葬場での骨上げのときも、親戚一同「あれはなんだべね」「お母さんがきたんだべか」なんて噂していました。ええ、いまでも法事のたびに誰かが口にしますね。

イモリ

【日時／六月二十五日・午後三時五分】
【話者／山形市在住の二十代男性、本学学生、先輩の作品を見にきたとの事】

あの、ワケわかんない話でもお金もらえるんですか。あ、マジすか。

僕、爬虫類《はちゅうるい》とか両生類《りょうせいるい》とかが好きなんですよ。飼いたいなあとずっと思ってて。でも、ヘビとかカエルとかペットショップで買うと良い値段がするんですよね。そんで、ずっと「捕獲できる場所ないかなあ」って周囲に言い続けていたんです。

そしたらある日、知り合いが「天童市《てんどうし》の山寺（筆者注：芭蕉の句で知られる、立石寺《りっしゃくじ》の俗称。ここではその周辺エリアの意味で用いている）に沼だか池だかがあって、アカハライモリが群れているらしいよ」って教えてくれたんですね。そんな事を聞いちゃったら、捕りに行くしかないじゃないですか。

当日は、目の細かい綱とプラスチックの水槽を手に原付バイクで出かけました。でも、困った事に詳しい場所を知らなくて。現地に行けばなんとかなるかと思ったんですけど、なにせあのへん、全部が山だからワケわかんなくなっちゃって。

そんで、ちょっと休憩してたんですよ。山寺へ続く旧街道沿いにある、農産物直売所の駐車場でジュース飲んで「どうすっかなあ」って悩んでたんです。そしたら。

「おい」って唐突に呼びかけられて。

ビックリして声のする方角を見たら、中年男性が立ってるんですよ。麦わら帽子に白いランニングシャツの、地元農家っぽい感じのおじさんでした。

「どうした」

そう言われて、最初は適当に話して逃げようかなとも思ったんですけど、待てよ、と。地元の人なら、もしかしたら知ってるんじゃないかと考え直して。そんで、「実は……」と山寺まで来た経緯を素直に話して、イモリのいる沼を知らないか訊いたんです。

するとおじさん、「ほれ」ってすぐ裏の山にある細い道を指さしまして。そんで「えっ、あの道を行くと沼があるんですか」「そうだ」なんて会話を交わして。「いやあ、良かった。助かりました」ってお礼を言おうと、おじさんの立っていたあたりに視線を移したら。

無人なんです。おじさん、消えちゃったんです。

まわりは広い道と駐車場だけですから、ほんの数秒で立ち去るなんて無理なんですが。

「あのおじさん、もしかして化けたイモリだったのかな」とか思ったら、ちょっとツボに入って。いや、なんかそんときは妙にオカしかったんですよ。

そんでまあ、教えてもらったとおりに進んだら、ちゃんと沼がありまして。白く濁った沼で、見ると水面をイモリが何十匹も泳いでいるんです。

ええ、捕まえましたよ。いやいや、漁じゃないんでそんなにたくさん捕りませんけど。二匹だけです。オスっぽいのとメスっぽいのを。交尾したら良いなと思って。

んで、無事に連れて帰ったんですけども……死んじゃいまして。

目を離したすきに水槽を脱出しちゃったんです。日光浴用に入れていた石が大きすぎたみたいで、蓋のわずかな隙間から、ツルッと逃げて。

や、迂闊《うかつ》だったんですよね。おまけにアイツらいつも水中にいるもんで、気がつくのが遅れちゃって。部屋じゅうを探して、ようやく見つけたときには……二匹ともソファーの裏で干からびてました。

さすがに悪い事しちゃったなあと反省して。で、そのまま捨てるのもなんか嫌じゃないですか。念のため電話帳で調べてペット火葬をやってる清掃センターに電話したら、犬や猫は扱うけどイモリはやってませんって言われて。冷静に考えたら、当たり前ですよね。

どうしようか悩んで「じゃあ、もとの沼に埋めてやろう」と思ったんですよ。で、あわよくば新しいイモリを捕獲してこようという計画で。

二回目は迷う事なく沼にたどりつきました。あのおじさんもいませんでしたね。

そんでそんで、二匹の死体を沼のすぐそばに埋めてたんですよ。スコップとかの道具を忘れちゃったんで、原付のメットインに突っこんでいた軍手をはめて、指で土を掘って。

そんで、ようやく埋め終えて、「ごめんな」って手を合わせて……顔をあげたら。

イモリがいるんです。何十匹も。

沼から顔だけを出して、動かずに僕をじっと見ているんです。何十匹が。

いやもう、そら鳥肌ですよ。本能で危険を察知するって感覚をはじめて味わいました。捕獲なんてしません。イモりたちに何度も何度も手を合わせて必死に詫びて、その場をダッシュで去りました。

ほんと、僕が言っても説得力ゼロですけど、生き物を飼うときには責任を持って世話をしないといけないですよ。

あ、いまはバイトで貯めたお金で買った、ベルツノガエルを育てています。

大丈夫です大丈夫です。深めの水槽にしたんで、逃げる心配はないですから。

拝み猫

【日時／六月二十五日・午後三時三十分】
【話者／山形市在住の四十代女性、大学近くの畑を見にきたついでに寄ったとの事】

ウチの実家、ちょっと変わったきまりがあるんです。新しく猫を飼うときは、その猫を抱きかかえて家の外を三周まわらないといけないんですよ。先祖代々、ずっとです。

そんな慣習があるくらいなんで、ウチって猫とやけに縁があるみたいでね。母も私も、よく捨てられているのを拾ってきましたよ。我が家の猫は代々、みんな捨て猫なんです。

それで……五年前に、母親が例によって仔猫を見つけてきたんです。田んぼ脇の水路で溺れかけてたのを掬《すく》いあげて。ビィビィ鳴いてたんで名前はビーちゃん。白と黒のブチで、鼻のところに剃り残したヒゲみたいな模様のある、甘えん坊の猫でした。

よく「犬は恩義を忘れない」なんて言いますけど、猫もおなじでね。ビーちゃん、命を救ってくれたウチの母親にいつも寄り添っていてね。居間、台所、寝室……母親のあとを四六時中ついてまわるんです。「ビーちゃん、お母さんがいなくなっちゃったら寂しすぎて死んじゃうんじゃないの」なんて家族で笑いあっていました。

で……七歳か八歳のとき、突然ビーちゃんの姿が見えなくなったんですよ。家じゅうを探したんですけど見つからない。母親なんか青くなって「フラフラと外に出て、車にでも轢かれたんじゃないか」ってオタオタしていたんですが、私はあまり心配はしてなくて。いや、ウチ農家なんで敷地が広いんですね。交通量の激しい道は近所にないので、事故に遭う可能性は低いなと思ったんです。「明日にでもヒョッコリ帰ってくるよ」なんて言っていたんですけど、それどころじゃなくなっちゃって。

母親が倒れたんです。病院で検査したら……全身に転移していて「もう助からない」と言われて、そのまま入院したんですね。もう猫を探すヒマなんかなくて、着替えを持っていったり、親戚に連絡したり……最悪の事態が起きたときの準備をしたり。結局、一ヶ月もちませんでしたけど。ある日の朝、家族に見守られながら眠るように……。

それで……四十九日法要が終わった次の週だったかな。遺品の整理をしていたんです。着物だの帯だの古い写真だのをまとめて、家の敷地の片隅にある土蔵にしまうつもりで。ええ。ウチ古いんで、蔵があるんです。普段はおおきな錠前を架けて入れないようにしているんですが、そこに一旦放りこんでおこうと思ったんですね。

で、山のような荷物を抱えて蔵に入ったら。

ビーちゃんがいるんです。

茶箱の上にちょこんと座ったまま、息絶えていたんです。

ふっくらしていた毛がばりばりに固まっていて、眼球も水分が抜けて皺々になってて。

それはもう私、あんまり驚いて荷物を落としちゃいました。

あ、驚いたのは死んでいたからじゃないんです。もちろんそれもあるんですけど、その格好にビックリしちゃって。

合掌していたんです。

ビーちゃん、前足をきれいに揃えて、拝むような姿勢で死んでいたんです。

あんまり異様な姿だったんで、私、お世話になってる獣医さんのところへ亡骸《なきがら》を持っていって、ちょっとだけ調べてもらったんですよ。そしたら「かなり前に死んだみたいです。たぶん、姿が見えなくなってまもなく死んだみたいですね」って言われて。

「嘘でしょ」って思いました。いえね、私てっきり、「母がいなくなった寂しさで、あとを追ったんだ」と疑わなかったんです。ビーちゃんなら有り得るよなと思っていたんです。

でも、失踪直後に死んだのでは辻褄が合わないじゃないですか。順番が逆じゃないですか。

それで、首を捻っていたら……ウチの兄が言うんです。

「もしかしたら、オフクロがもう助からないと解っていて、先まわりしたんじゃないか。出迎えようと思ったんじゃないか」って。

ああ、ビーちゃんはそういう子だったな……って納得しました。

ウチの仏壇ね、母親の写真とビーちゃんの写真を並べて飾っているんです。

変なことを言うと思われるかもしれませんが、どちらの写真も妙に嬉しそうなんですよ。

だからきっと、向こうでも一緒にいるんだろうなと思っています。

ベッド

【日時／六月二十六日・午前十時四十分】
【話者／山形市在住の五十代女性、友人と連れ立って趣味の焼き物を見にきたとの事】

ウチの母親、若いころは看護師だったそうなんですけど。やっぱり仕事柄なのか、妙な経験がいくつもあったと言っていました。これは、そのうちのひとつです。三十数年前の出来事だそうですから、話しても差し支えないかなと思います。

最近も、過剰にわがままな患者さんの問題がニュースになったりしますでしょう。でも母に言わせれば、昔だって「あれが嫌だ、これが厭だ」と騒ぐ入院患者はいたんだそうで。

あるとき、おじいさんが母の病院に入院してきたんだそうです。

なんの病気かは聞きそびれてしまいましたが、入院が必要なほどですから軽いものではなかったんでしょう。

ところが、この方が入院二日目にして「自宅に帰る」と言って聞かないんだそうです。ご家族もいたんですが、まるで説得に応じないのでどうしたものかと困っていたようで。

結局、その病室の担当だった母が呼ばれたんですって。

母はひとまず落ち着かせようとおじいさんを別な部屋に連れていって「なんで帰りたいんですか、治療だったら痛くも怖くもないですよ」と説得したんだそうです。

そうしたら、おじいさん怒っちゃって。

「怖いんじゃないッ。ベッドだ、あのベッドが変なんだ」

自分の寝ているベッドがおかしいって言うんです。「なにがおかしいのかはうまく説明ができないけれど、とにかくベッドが嫌だ」の一点張りで。

普通ならボケてるのかな、なんて思いそうなもんですけれど。母は違ったみたいで。

母の病院でね、入院していた人が死んだんですって。

リネン室という枕カバーやシーツをしまっておく部屋で。

病気を苦に、首を吊って。

その亡くなった方が寝ていたのが、おじいさんのベッドだったんだそうです。

結局、おじいさんや家族にその話はしないまま、部屋を移ってもらったらしいです。

「あの人、なにか感じたんだろうね」と母は言っていました。

呼

【日時／六月二十六日・午前十一時四十五分】
【話者／「ベッド」の話者。いったん立ち去るもすぐに戻ってくる】

すいません。もうひとつ母から聞いた話を思いだしたんですけれど……改めて座ってもよろしいですか。

夜勤のときに起こった出来事だ、と聞いています。

当時の夜勤は二人勤務が基本だったらしく、交代で一時間ほど仮眠を取るんだそうです。で、巡回を終えた深夜一時に、もうひとりの看護師さんが仮眠室へ向かったんですって。残された母は、小窓のある窓口に面した机に座って事務処理をしていたらしいんですけど、そのうち、向かいにある部屋から「帰りたいなあ」と声が聞こえはじめたんだそうです。

その部屋には、長らく人工透析を受けている三十代の男性が入院していまして。看護師さんともすっかり顔見知りで、母とはとりわけ仲が良かったんだと聞きました。いつもは自宅から通院していたのが、二日ほど前に体調が悪くなり搬送されてきたとの話でした。

母は「元気になればすぐ戻れますよ」なんて小窓ごしに返事をしていたらしいのですが、しばらくすると声がぱったり聞こえなくなった。おや、と思い様子を見にいってみると、男性はもう呼吸が停止していたそうなんです。

慌てて救急処置をしていると、まもなく仮眠を取りに行ったはずの同僚の看護師さんが駆けつけて、蘇生措置を手伝ってくれたらしいんです。

懸命の処置もむなしく、明け方に男性は死亡が確認されました。

それで、虚しさと疲労でぐったりしながら、母は同僚の看護師さんに「ありがとう」と言ったんですって。「休んでいたのに異常を察してくれて、本当に助かったよ」って。

そうしたら、相手がキョトンとしている。

「だって、呼びに来てくれたじゃん」って。

看護師さんが仮眠室で電気を消して横になった直後、誰かが「起きて、起きてよ」ってドアの向こうで呼んだそうなんです。

「だから私、てっきりあなただと思って」と言われたけれど、母は容体が急変した患者につきっきりでしたから、当然呼びに行く余裕なんてないんですよね。

明け方のナースステーションで、ふたり「彼が呼びに来たんだろうね」って、しんみりした……との話でした。

生死が身近な職場で働いていたからか、母はそういうことを特別怖がったりせずに話す人でした。おかげで私も、幽霊とかあんまりおっかなくないんですよ。母の影響ですね。

混ざらない子

【日時／六月二十六日・午後十二時三十分】
【話者／県内在住の四十代男性、妻と一緒に遊びにきたとの事】

岩手県の二戸《にのへ》市に、金田一《きんだいち》温泉ってあるんですよ。ひところ「座敷わらしの出る宿」として有名になったところです。まあ、その後に火事で焼けちゃったんですけれどね。その何年も前、焼失する以前に訪ねたときの出来事です。

その宿の一角に座敷わらしを祀《まつ》っている神社がありまして、希望者は特別に参拝させてもらえるんです。拝殿のなかは人形がずらっと並んでいましてね。座敷わらしというのは子供の神様だそうですから玩具として捧げているんでしょうが、ちょっと異様な雰囲気を感じたのを憶えています。

宿からその神社へはまっすぐ続く一本道なんですが、妻とそこを歩いていましたらね。路傍で、地元の子供たちが縄跳びをして遊んでましてね。十人くらいいたのかなあ。で、そのなかに赤い着物でおかっぱの女の子がいるんです。いかにもな、あまりに出来過ぎの格好だったんですけど、そのときは「観光地だしなあ。イメージを守るために着せられているのかな」程度に思っていて……ただ。

その子だけ、遊びの輪からすこし外れた場所にいるんですよ。縄跳びをしている他の子供たちを、にこにこ微笑《ほほえ》みながら見ているだけなんです。

「着物だと跳びづらいから混ざらないのかもね」

「どうせなら全員着物のほうが雰囲気出るのに」

なんて妻と話しながらしばらく歩いて、なにげなく振りかえったら。

いないんですよ。

着物姿の子だけ、いないんです。

周囲はだだっ広い草原ですから隠れるような場所はないし、宿の方向へ帰ったにしても後ろ姿くらいは見えないとおかしい。目を離していたのは十数秒なんですから。

で、神社を参拝して戻ってきたんですが、やっぱりあの子だけ姿がありませんでした。子供たちに訊こうかなと一瞬考えたんですけどね、「いや、野暮だよな」と考え直して、そのまま帰りました。

昼間だったので全然怖くはなかったですけど、いや、そういう事ってあるんですねえ。

夢の手

【日時／六月二十六日・午後一時二十五分】

【話者／山形市在住の三十代女性、ラジオで知ってマルシェを見学にきたとの事】


長男を妊娠していたときの話なんですけど。

その日、家事を軽く済ませてリビングで昼寝をしていたんですよね。そうしたら、夢で無数の手に襲われたんです。あのホラ、前衛舞踏とかで身体を真っ白に塗りたくっている男の人、いるでしょう。あんな感じの、血がかよってない色の手が闇のなかからぬるぬる出てきて、襟《えり》から髪から腕からお構いなしに掴んで私を転ばせようとするんです。

はじめは必死に抵抗していたんですけど、とうとう足を鷲掴《わしづか》みにされて、引っ張られて。そしたらね……転んだんじゃないんです。逆さまになっちゃったんです。無重力空間って言うんでしたっけ。あんな感じで、くるん、と上下が逆に反転しちゃって。

そこで目が覚めました。

おかしな夢を見たなと、その日はそれで終わったんですけど……二日後くらいに病院へ定期検診に行ったら、先生に「全足位《ぜんそくい》になってますね」と言われて。

要は、逆子《さかご》になっていたんですよ。

妊娠中期だと逆子は珍しくないらしいんですが、そのとき私、三十九週目だったんです。

前の月の検査では通常の頭位だったので、驚いちゃって。先生も「このくらい育ってると動けるはずはないんですがねえ」と、首をひねっていました。

それで、ハッと気づいたんです。

もしかしてあの手が動かそうとしていたのは、私じゃなくて……。

幸い、長男は帝王切開で無事に産まれ、健やかに育っています。今日も友達とカエルを捕りに行きました。どうしようもないワンパク坊主ですが、あの日のことを思うと、多少やんちゃでもホッとしますね。でも。

いまでも……ときどきあの夢の手の感触を思いだして、ゾッとすることがありますよ。

そういう体験をしたお母さんって、他にいらっしゃらないんですかねえ。

夢の川

【日時／六月二十六日・午後一時五十五分】

【話者／都内在住の二十代男性、美術関係を生業としており、視察にきたとの事】


数年前、四国に知り合いの芸術家夫妻がアトリエを兼ねた別荘を構えましてね。「遊びにきませんか」なんて誘われたもので、お祝いがてら訪ねていった……そのときの話です。

当日、私はギリギリまで仕事をしておりまして、アトリエがある地区の駅に着いたのは夜もずいぶん遅くなってからでした。アトリエは山沿いに建っていて、徒歩で行ける場所じゃない。バスも一日に数本で、おまけに夕方で運行が終わってしまう。そんなわけで、ご夫妻がわざわざ駅まで車で迎えにきてくれたんです。

最初こそ街灯が道の脇に、ぽつり、ぽつり、と灯っていたんですが、車を走らせるうちその数も徐々に減ってきて、しまいにはとうとう真っ暗な山道になってしまいましてね。

ヘッドライトに照るのは砂利道だけ。両端には木立か山肌でもありそうな雰囲気だけど、なにせ暗くて解らない。ずいぶん山奥に建てたもんだなあ、なんて思いながら車に乗っていました。

ええ、別荘は素晴らしかったですよ。ロッジ風の洒落《しゃれ》た造りもさることながら、周囲がとても静かで。「この環境なら、さぞや創作活動がはかどるだろうなあ」と感心しつつ、とりあえずその日は再会を祝って酒を酌み交わし、布団を用意してもらって寝たんです。

そしたらね、なんともおかしな夢を見まして。

川なんですけど。

私は見知らぬ夜の川べりに立っているんですよ。足首を水が浸していたから、そこそこ水の流れもあったんだと思います。暗いはずなのに、水面を走っている靄《もや》が見えました。

はて、どうして自分はこんな場所にいるのだろうか……なんて首を傾げていたんですが、そのうち、下流からなにかが遡《さかのぼ》ってきたんです。

女性、でした。

若い女性が、神輿《みこし》にでも乗っているかのごとく靄に担がれてこちらへ迫ってくるのです。

え……顔立ち、ですか。いや、あまり詳しく憶えていません、なにぶん夢のことですし。髪が長かった事や金銀の飾りをつけていた事は、印象に残っているんですけれども。

ええと……それで、ただただ驚いていたんですけどね。そんな私の目の前で、ぴたりと止まってから、女性が静かに言いました。

「なんとかしてもらえませんか」

ええ、その言葉だけはインパクトの強烈さもあって明瞭《はっき》りと記憶しています。

なんとかしてくれって、いったい「なに」をなんとかすれば良いんだ。その前に、まずあなたは誰なんだ。そんな台詞を言おうとしたら……目覚めちゃったんです。

いや、その時点では別に不思議とか怖いとか思いませんでした。なんたって夢ですから、深く考えてもしょうがないじゃないですか。せいぜいが「疲れていた所為でおかしな夢を見たのかな」と感じた程度です。

さて、朝食をご馳走になってから、私は夫妻の車に再び乗せてもらって、彼らの作品が展示されているという山のふもとの施設へ向かいました。

昨夜は真っ暗で見えませんでしたが、道の脇はやはり渓谷になっていて、眼下には細い川が流れていました。空が高くてね。それがまた川のある風景に映えるんです。

「いやあ、本当に良い場所だ」なんて絶賛していた、その最中に。

沿道に見つけちゃったんです。

鳥居。

山道の途中に、神社があったんですよ。

それを見た瞬間、ぞわぞわっとしましてね。寒気と言うより……推理小説を読んでいて、蓄積した謎が一気に解明される瞬間、あるじゃないですか。あのときの心の動きに似た感覚になったんです。

「おい、ここはいったいなんだね」

私の言葉に、友人が「ああ、ここか」と苦笑しました。

「ここは[redacted]神社（筆者注：現存する神社のため詳細は伏せる）と言ってね。何年か前に建てられた、新しめの神社なんだよ」

知人が言うには、その神社……貧乏神を祀っているそうなんですよ。なんでも貧乏神が住んでいる境内の柱を、罵倒したりバットで殴ったりするのが参拝の方法なんだとかで。つまり「自分のなかの貧乏を追い払う」って事なんでしょうが……。

驚くでしょ。ええ、私もはじめて聞く風変わりな作法にたまげていたんです。そしたら、

「しかしなあ、別に新しく建てなくても、この川にはちゃんと神様を祀ったお社《やしろ》が昔からあるんだぜ」って言うんですよ、知人が。

オオゲツヒメって女の神様が祀られている神社があるんだ、って言うんです。

いや、その[redacted]神社が良いとか悪いとかは、専門外なんで自分には解りません。信じている人や救われた人もいるでしょうし、一概に古いか新しいかで判断するのも危険だよなとは思っています。でも、でもね。

あの女の人が訴えていたのって、これだよなあって。そんな確信があるんです。

私、なにをどうすれば良かったんでしょうね。

あそこ、これからどうなっちゃうんでしょうね。

（立ち去りかけた話者、ふいに座り直す）

あ、これも伝えておいたほうが良いのかな。

友人夫婦がアトリエを構えた場所ね、神山っていう場所なんです。

神様の、山なんです。

夢の少年

【日時／六月二十五日・午後二時四十分】

【話者／三十代男性、芸術家。知人に勧められて見にきたとの事】


（先の「夢の川」拝聴後、横のブースを覗いていた男性が私のもとへやってくる）

あの……いま脇でお話を聞いていまして、非常にびっくりしたんですけど。というのは、私も夢に関する奇妙な体験をしているんですよ。

よろしかったら、聞いてもらえますか。

五年ほど前、私はちょっとばかり創作活動に行き詰まっていたんです。ええ、俗に言うスランプってやつでしょうか。アイディアがまとまらず、インスピレーションも湧かない、そんな日々が長らく続いたもので、ある日私はちょっとした方法を試すことにしたんです。

枕元に、ノートと鉛筆を置いたんですよ。

寝入りばなの夢とも現《うつつ》ともつかない状態――なんとか睡眠って言いましたっけ――その時間だけ、まるで神様の啓示を受けたように閃《ひらめ》く瞬間があったんです。で、「目が覚めたら、この発想を形にしよう」と満足して眠るんですが、翌朝起きてみるとまるで憶えていない。そんなことが何度かあったものですから、いつでも書き留められるよう、枕元にノートを用意したわけです。

初日は緊張しすぎて全然ダメ。二日目も疲れていたのか、あっという間に寝てしまって。ようやく効果があらわれたのは、三日目の夜でした。

ウトウトしていたその最中、ベッドが沈んだんです。私以外の誰かが寝床に踏み入ってきた、そんな感触がありまして。それで……驚き半分、寝ぼけ半分で薄眼を開けてみると。

男の子がいました。

西洋の制服……ほら、イギリスの寄宿舎で子供たちが着ているブレザー、あんな感じの服装をした少年がベッドの隅に立っていたんです。金髪の巻き毛が鮮やかでしたね。

「わかってるでしょ」

驚く私に向かって、彼はそう言いました。

いや、実際は口を開いていなかったような気もするんですが、たしかに声が頭のなかで聞こえたんです。おかしなもので、その声を聞いた瞬間、私は「解った」んです。少年が言わんとしていることが、すっかりと理解できたんです。

ああ、そうだ。私は知っている。この世の真理を、芸術とはなにかを把握している。ぼんやりとした感動に震えながら私は必死で腕を伸ばし、鉛筆を掴むとノートに文字を書きなぐって、そのまま力尽きました。

翌朝、目が覚めるなり昨日の奇妙な出来事を思いだした私は、すぐに布団から這いずり出て、ノートをひったくります。

《MS44》

書かれていたのは、これだけでした。

え、この単語の意味ですか……いや、それが自分にもまるで解りませんでね。なにかの暗号なのか、汽車か飛行機の番号なのか、それともクラシックの題名なのか。いろいろと考えたり調べたりしたんですが、さっぱりでした。自分の間抜けぶりにいたく落胆して、試みはその日で終わったんですが。

それから数年が経ったある夏、私はイタリアのある町に滞在していました。

作品がようやく評価されるようになり、イタリアの美術館が作品を購入してくれたのです。そこに招待されて、私は海を渡ったというわけです。

向こうでは館長や学芸員が私を歓迎してくれました。と、作品について語り合っていた最中、館長が「あなたの作品からは『不思議な少年』とおなじエッセンスを感じました。私はあの作品が好きで、そこが評価の決め手となったのです」と言うではないですか。

『不思議な少年』は二十世紀はじめに書かれたアメリカの小説です。作者の名はマーク・トウェイン。『トム・ソーヤの冒険』や『ハックルベリー・フィンの冒険』などで知られる、世界的な小説家です。

そして、『不思議な少年』は、彼の生涯最後の小説……遺作なんです。

なんでもマーク・トウェインはこの作品を執筆中に亡くなってしまったらしく、未完の原稿は彼の死後、遺産管理を任されていた編集者が書き足して完成させたんだそうです。

なによりも注目すべきは、この『不思議な少年』、マーク・トウェインの小説のなかでは異色の作品でしてね。それまで書いていたような、少年が活躍する話とはまるで異なり、この物語ではサタンの甥を名乗る少年が人間を誑《たぶら》かし、その愚《おろ》かさを笑う話なんです……

そう、主役は悪魔なんですよ。

おや、いったいなんの話かと思っていますね。怖くもなんともない、わけのわからない思い出語りにうんざりしているんですね。まあ、あとすこしだけ聞いてください。

それでね。

この『不思議な少年』に、マーク・トウェインはこんな原題をつけていたというんです。

（話者、唐突に胸ポケットからペンを抜くと、私のノートにアルファベットを書き記す）

《No. 44, The Mysterious Stranger》

そう、私が夢うつつで書いた《MS44》という文字、このタイトルの頭文字なんです。

番号も、ぴったり合っているんです。

つまり……私が夢と現実のあわいで遭遇した、あの少年。

彼はもしかして、神様ではなくて。

私は一見、自力で成功を成し遂げたようでいて、でも、実は。

ねえ、どうなんですか。

これは、どう解釈するのが正しいんですか。

私は、いったいなにに魅入られてしまったんでしょうか。

悪魔

【日時／六月二十五日・午後三時三十分】


四時の閉幕を前に、館内のにぎわいがゆるやかに薄れていく。と、母親に手を引かれた子供がブースの前を通るなり、私を指して「悪魔だ！」と叫んだ。

母親は慌てて子供を引きずるようにしてその場を離れる。

残された私は後ろを振り向くが、誰の姿もない。

「なにが悪魔に見えたんだい」と訊きたかったが、親子の姿はとうに見えなくなっていた。

先刻の話者が漏らした「私は、いったいなにに魅入られてしまったんでしょうか」という言葉が、頭のなかで響いている。

『怪談売買所』はどこにでも

宇津呂鹿太郎

怪談を集めたり、本に書いたり、ライブで語ったりしている宇津呂鹿太郎と申します。

え？　黒木さんの本を買ったのに、なんでこいつの文章を読まなあかんねん！　ですって？　まあそんなこと言わずに。ちょっとだけお付き合いください。すぐに終わりますから。

怪談買取という画期的なシステムを構築したのは、かく言う私、宇津呂鹿太郎なのですよ。これはもう発明です。これがどれだけ凄い発明なのか、この本を読んで震え上がった皆さんなら良く分かると思います。では私が如何《いか》にしてそのような驚天動地、空前絶後の仕組みを生み出すに至ったか、知りたくはありませんか？　え？　別にどうでもいい？　そうですか、なら飛ばして頂いて構いません。お疲れさまでした。

……あ、でもやっぱり一度は読んでください。せっかくお金を出して買った本なんですから、全部読まないともったいないですよ。私も一生懸命書きますから。ね、お願いします。

はい、ではどうぞ。


先日、とある作家さんとトークイベントをご一緒させて頂いた。その際にその作家さんがこんなことを言われた。

「わしら作家っちゅうのんは、好きなことばっかりしてのんびりと生きていきたいから作家になったんや」

それを聞いて私は思わず「ウ〜ム、確かに」と唸《うな》ってしまった。世の作家さん全てがそうだとは思わないが、少なくとも私自身はそのクチだ。

私は物心ついた時から怪談が大好きであった。怪談のことばかり考えて育ったようなものだ。こういう人間を怪談馬鹿という。

怪談馬鹿は馬鹿の一種なので、考えることは実に短絡的である。

「怪談を聞いて、怪談を語って、怪談を楽しんで、それでお金を稼いで生きていくぞー」

そんな馬鹿なことを真面目に考えながら生きていると、自然と体は怪談業界の方へ向く。

そんな業界があるのかどうか定かではないが、とにかく怪談と名の付く物を売って商売をされている方々は現実にいらっしゃる訳で、そういった方たちが集まっている場というのは実際にあるのだ。

そして気が付いたらアラびっくり！　仕事として、実話の怪談を集めて書いて語る人になっていた。馬鹿は愚かのことである。愚かな者は愚直に一つのことを追い続ける。その結果なのかもしれない。或《ある》いは、たまたまなのかもしれない。うん、たまたまだ。

さて、怪談を楽しむ側から怪談で楽しませる側に回るとどうなるか。そりゃアンタもう大変なのである。常にそれなりの量の新しい恐怖、新しい怪奇を蓄えておかなくてはならないのだ。そして有事の際にはそれらを引っ張り出してきて披露する。一度披露した話は鮮度が落ちてしまうため、なるべく同じ話は二度と使わないようにする。それでも蓄えが枯渇《こかつ》してくると使わざるを得なくなる。それで前に語った話を語ると、聴きに来てくれたお客さんが「それ前も聴いたんやけど」などといった顔をする。私は心の中で平謝り。ああ、出来れば謝りたくはないなあ。だったらもっと怖くて、もっとおぞましく、もっと刺激的な怪談を集めて来んかい！　いや、そうは言いますけどねえ、怪談を集めるのって大変なんですよ、誰もがみんな怖い体験をしている訳ではないし、体験談を聞かせてもらう際にはご飯をおごったり、手土産《てみやげ》を持って行ったり、取材相手が遠方の方の場合なんか、交通費だって結構な額がかかってしまう。怪談って儲かるどころか出ていく方が多いんですよ。やればやるほどお金が無くなっていくんですよ。やかましわい！　ボヤいてる暇があるんやったら、怪談を探してこい！　と、脳内でそんな奇怪なやり取りをした結果、当てもなく夜の街をさまようことに。酔っ払いに絡まれ、やくざに因縁つけられて、逃げること三時間、気が付けば終電もなく、寒さに震えながら朝まで路地裏で小さくなって朝を待つ。そんなひどい目に遭う訳ですよ。怪談を生業《なりわい》にだなんて考えるもんじゃないですよ。

と思うものの、生まれついての怪談馬鹿、時間が経つと痛い思いをしたこともつい忘れ、また怪談よ怪談よと夢遊病者のように怪談街道をふらついてしまうのである。

そして思い至るのだ。怪談でひどい目に遭うのも、怪談集めに苦労しているからだ。楽をするつもりで始めた稼業なのに、楽できないなんて！　もっと楽な怪談集めの方法があるはずだ！

そんな理不尽な憤りを感じていたある日、いつもイベントをさせて頂いていた兵庫県尼崎市にある三和市場のイベントスペース「とらのあな」さんからこんな依頼があった。

近々、市場を挙げてのお祭りがある。三畳ほどのスペースが空いているので、そこで何か怪談をテーマにした催しをやって欲しい。

はて困ったぞ。怪談ライブをやるには狭すぎる。自分の本を並べて売るだけってのも能がない。何か面白いことができないだろうか。そこで私はイベント主催者に、かねてより夢想していたアイデアを言ってみた。

小さなブースに私が一人で座っている。机の前にはお客さんが座るための折りたたみ椅子。一見、占いか保険の相談である。しかしそこは、私とお客さんが一対一で怪談をやり取りする場だ。お客さんに乞《こ》われれば、私は自分で集めた怪談を語り、一話につき百円をお客さんから頂く。逆に、お客さんが私に怖い話を語ってくだされば、私は一話につき百円をお客さんに支払う。一話百円で怪談を語り語られる小さなかわいいお店、名付けて『怪談売買所』。

冗談交じりに話したこの企画に主催者は言った。

「宇津呂さん、それ面白いですね！　ぜひやりましょう！」

こうして、楽することばかり考えている馬鹿の妄想が現実となったのである。

お祭り当日、主催者の協力もあり、意外にもこの企画は成功を収めた。お客さんからも好評を得た上に、なかなか興味深い怪異な体験談が複数集まったのだ。

味を占めた私はその後もあちらこちらのお祭り、イベント会場で『怪談売買所』を設けた。そしてそのどれもが成功を見た。今までやってきた辛く苦しい怪談蒐集とは打って変わり、とっても楽チンコンチンだ。

さらにこの企画を続けていくと、今度は新聞やテレビが興味を示し、取材を申し込んでくるようになった。いずれも地方版やローカル局ではあるが、メディアに取り上げられると周囲の反応も違ってくる。特に反響が大きかったのは、ネットの某有名ニュースサイトで紹介された時だ。そのせいもあり、今では宇津呂鹿太郎＝「百円で怪談を買う人」というイメージが定着しつつある。

アホな企画ではあるが、アホな企画であるからこそ世間からは面白がられたらしい。

ところで、黒木あるじ氏から突然メールを頂いたのは今から二、三年前だったと思う。黒木氏とは怪談イベントなどで何度かお会いしていたのだが、直接連絡を貰うのは初めてだった。用件は、『怪談売買所』を自分もやってみたいのだが、この企画アイデアを拝借させてもらっても良いかというものだった。こんなアホ企画でも良かったらどうぞと私は返事したのだが、その後も彼はこの企画を続けていたらしい。

そうしてここに、その成果が一冊の本となって日の目を見るに至った。

元々は馬鹿が始めたアホ企画、それがこのような怖い本に化けようとは、私自身、思ってもみなかったことである。

『怪談売買所』は迷い家のごとく、どこにでも立ち現れる。いつかどこかのお祭り会場で『怪談売買所』の幟を見かけたらぜひ覗いてみてもらいたい。そして自身の怪異な体験を語って百円をゲットしてもらいたい。

『怪談売買所』はいつもあなたの来るのを待っている。

竹書房ホラー文庫、愛読者キャンペーン!

心霊怪談番組「怪談図書館's黄泉がたりDX」

*怪談朗読などの心霊怪談動画番組が無料で楽しめます!

*11月発売のホラー文庫3冊(「怪談売買録 拝み猫」「あやかし百物語」「「超」怖い話 仏滅」)をお買い上げいただくと番組「怪談図書館'S黄泉がたりDX-31」「怪談図書館'S黄泉がたりDX-32」「怪談図書館'S黄泉がたりDX-33」全てご覧いただけます。

*本書からは「怪談図書館's黄泉がたりDX-31」のみご覧いただけます。

*番組は期間限定で更新する予定です。

*携帯端末(携帯電話・スマートフォン・タブレット端末など)からの動画視聴には、パケット通信料が発生します。

パスワード
mc62fgwx

QRコードをスマホ、タブレットで読み込む方法

■上にあるQRコードを読み込むには、専用のアプリが必要です。機種によっては最初からインストールされているものもありますから、確認してみてください。

■お手持ちのスマホ、タブレットにQRコード読み取りアプリがなければ、i-Phone,i-Padは「AppStore」から、Androidのスマホ、タブレットは「Googleplay」からインストールしてください。「QRコード」や「バーコード」などと検索すると多くの無料アプリが見つかります。アプリによってはQRコードの読み取りが上手くいかない場合がありますので、その場合はいくつか選んでインストールしてください。

■アプリを起動した際でも、カメラの撮影モードにならない機種がありますが、その場合は別に、QRコードを読み込むメニューがありますので、そちらをご利用ください。

■次に、画面内に大きな四角の枠が表示されます。その枠内に収まるようにQRコードを写してください。上手に読み込むコツは、枠内に大きめに収めることと、被写体QRコードとの距離を調整してピントを合わせることです。

■読み取れない場合は、QRコードが四角い枠からはみ出さないように、かつ大きめに、ピントを合わせて写してください。それと手ぶれも読み取りにくくなる原因ですので、なるべくスマホを動かさないようにしてください。

怪談売買録拝み猫

2016年11月4日　初版第1刷発行

著者　黒木あるじ
デザイン　橋元浩明(sowhat.Inc.)
企画・編集　中西如(StudioDARA)
発行人　後藤明信
発行所　株式会社竹書房
〒102-0072東京都千代田区飯田橋2-7-3
電話03(3264)1576(代表)
電話03(3234)6208(編集)
http://www.takeshobo.co.jp
印刷所　中央精版印刷株式会社

定価はカバーに表示しています。
落丁・乱丁本の場合は竹書房までお問い合わせください。

ISBN978-4-8019-0893-2C0176